JN326338

四月は少しつめたくて

谷川直子

河出書房新社

四月は少しつめたくて

1

四月は少しつめたくて、それから少し背伸びしている。

だからわたしは四月が好きだ。

階段を上って地上に出ると、ひんやりした空気にからっぽの心が切りとられて背筋が伸び、上向きかげんになった視界に空が広がった。薄墨色《うすずみいろ》のぼんやり明るい四月の空。その明るさのぶん気持ちが沈むけれど、行き先のあることがわたしを安定させ、歩幅《ほはば》が自然に揃《そろ》う。腕時計の針が三時五十分を指しているのを片目で確認し、わたしは喫茶店のドアを押した。カランカランとベルが鳴る。

入口から細長い店の奥まで目を走らせ、藤堂孝雄《とうどうたかお》がいないことを確かめると地下に降りた。おさえた間接照明の中、静かにジャズが流れていてベースの音が胃のあたりに響いてくる。地下のいちばん奥のテーブルに男が座っていて煙草《たばこ》をふかしながら本を読んでいるのが目に入り、ふいにドキドキしてきた。ジャケットのポケットの中から写真を取り出し、そっと見比べる。間違いない。背筋を伸ばしバッグを持つ手を握《にぎ》り直し、ゆっくりと近づいた。

「あの、藤堂先生」と声をかけると男が顔を上げ手元の本を閉じた。

「果実社《かじつしゃ》の今泉《いまいずみ》です」

わたしは名乗ると深くお辞儀《じぎ》をした。

「藤堂です」

男の声はよく通るバスで、トードーデスという音が擬音語のように聞こえふっと気がゆるんだ。

木の椅子《いす》を引くと思いのほか大きな音がして、わたしはあわてて腰をかけ、水を持ってきたウエイトレスにコーヒーを注文した。前を向いてはじめてテーブルの上にあるのが水割りだと気がついた。え、お酒？　まだ夕方だというのにもう飲み始めたのだろうか。わたしは少しとまどい「果実社の今泉です」と繰り返した。

「それはもう聞いたよ」

藤堂さんは少し笑いながらグラスを持ち上げ、くいっと一口水割りを飲んだ。ほんとうにくいっと音がしそうな飲み方だった。

「あの、すいません。わたし、不慣れなもので。えっと、ほんとうなら社長が来るべきところだったのですが、三日前に心臓発作を起こして倒れまして」

「へえ、加藤さん、倒れたの」

「はい。J病院に入院してます」

「あの人、いくつだっけ」

さあ、とわたしは首をかしげ、藤堂さんは知らないのかきみ、新入り？　とまた笑いながら言った。編集長には言うなと言われてきたのだが、わたしはつい口をすべらせ、「昨日面接を受けて採用されたばかりで、今日が初日なんです。すみません」とあやまっていた。ほんとにすまないと思う。藤堂孝雄のような有名詩人との打ち合わせに、採用されたばかりで予習ゼロの女が一人で出ていくなんて、無謀《むぼう》だ。

「初日って、きみ、三十五ぐらい？」

「え、年ですか？」

わたしはぶしつけな質問に少し驚いて聞き返してしまった。

「午かな」

「ウマ？　いえ」

つい干支《えと》を口走りそうになってあわてて口を閉じた。ハハ、ひっかからんねと藤堂さんは笑った。

「新入社員にしてはけっこうなおばさんじゃないの。編集の仕事したことあるの？」

「もちろんあります。前は集明社《しゅうめいしゃ》にいました」

「へえ、あんな大手からわざわざ果実社に移ったわけ」

「それは、個人的な事情がありまして。集明社は昨年退職してしばらく休んでいたので」

「あ、ウツ。ウツでしょ」

「ウツ？　ちがいます」

「じゃあ何なの」

藤堂さんはそう言うとグラスを持ち上げ、またくいっと水割りを飲んだ。そこへコーヒーが運ばれてきた。わたしは返事に困りコーヒーを一口飲むと、わたしのことより先生のお話を、と話題を変えた。

「ぜひ『月刊現代詩』に新作を書いていただきたいのです」

わたしは誠実な人間だと伝えたい気がして、まっすぐ藤堂さんの目を見てそう言った。

藤堂さんはチャコールグレーの革襟《かわえり》のついたツイードのジャケットを着ていて、長い髪を後ろで一つに束《たば》ねている。彫《ほ》りの深い顔にさっといらだちがよぎり、わたしは身構える。

「きみねえ、僕の詩読んだことあるの？」と質問されて「あの、「朝の祈り」なら」と答えながらなんとも情けなかった。我ながら間抜けな答えだ。

「教科書か」

「あ、はい、そうです」

「覚えてる？」

「あ、はい、えっと、ゆうべはごめんね」

わたしはなんとか高校の教科書に載《の》っていたその詩を思い出そうとしたが、もう二十年以上前のことなのでそれ以外何も出てこない。

「ゆうべはごめんね、か」

藤堂さんは皮肉っぽくそう言うと、「他に知ってる詩人の名前をあげてごらん」と別の質問を投げてきた。わたしがおそるおそる水島龍平《みずしまりゆうへい》と答えると、龍平、水島龍平と藤堂さんは繰り返し「ほかには？」と聞く。汗が出てきた。

「申し訳ありません。わたし、じつはずっと『テンカラット』という女性誌のエディターをしていまして、現代詩については何の知識もありません。今日のお仕事も編集長に何度も断ったのですが、編集長がオレが行くより絶対マシだからって、無理やり押しつけられちゃって」

わたしが言葉につまりながら言い訳すると藤堂さんはまた笑い、「鈴木編集長は水島龍平専属だからな」と答えた。はあ、とわたしはまた言葉につまって藤堂さんの得体《えたい》の知れない笑顔にすがりついた。

「あの、新入りのわたしが依頼しにきたからって、藤堂先生のことを軽く扱ってるとかそういうことでは決してないわけでしてね、先生のもともとの担当は社長なわけで、編集長より社長の方がエラいんだから、水島龍平より先生の方が重い扱いというか、つまり、わたしの言いたいのは」

「わかったわかった。まず第一に、先生はやめてくれ」

藤堂さんはそう言うと水割りをくいっと飲み干し、わたしが「はい」と答えると、「第二に、詩は書けない」ときっぱり断言した。

「え、どうしてですか？　断られたら困ります。絶対断られるからって編集長に言われて、絶対引き受けてもらいますってタンカ切ってきたのに」

詩人が詩の依頼を断るなんてことを想像もしていなかったわたしはわけがわからなくなって最後はほとんど独り言になってしまった。ありがとうございます、書かせていただきます。そう返事するもんじゃないの？　業界の常識がわからない。やっぱりムリだわ、いきなりこんな大物。わたしはなんだか急にどうでもよくなり、黙って冷めたコーヒーを飲んだ。現代詩とか興味ないし。クビになったらまたほかの会社を見つけるだけ。心を入れ替えてシニカルにならずに前向きな仕事をする、という決意があっという間に揺《ゆ》らぐ。藤堂さんが新しい煙草に火をつけた。わたしが煙をぼんやり見ていると、「きみ、金持ってる？」と聞く。

「はい？」

「出よう。ちょっとつき合いなさい」

藤堂さんは立ち上がり、わたしはあわてて支払いをして店の外に出た。

思ったより背が高く、黒いパンツがよく似合っていて後ろ姿が妙に素敵だ。イタリアのチョイ悪おやじみたい。詩人というものをナマで見たのははじめてで、わたしはその後ろ姿を追いかけながら、「ときみが言った」だったとふと思い出した。ゆうべはごめんねときみが言った、だ。高校の教科書に載っていたのだから、藤堂さんがあの詩を書いてから少なくとも二十五年は経《た》っているのだと思うと不思議な気がする。自分がそのころどんな女の子だったかも忘れてしまうくらいの長い時間だ。二行目は何だったっけ。わたしはムキになって記憶を呼び戻そうとして、藤堂さんが立ち止まったのに気づかずその背中にぶつかりそうになってあわてて止まった。

そこはパチンコ屋で、藤堂さんはわたしの顔を見てガキみたいにニタッと笑うと「三千円でいいや」と言い右手を出した。わたしは魔法にかかったみたいにバッグから財布を取り出すと千円札を三枚渡した。それをつかむと藤堂さんは何のためらいもなく店の中に入った。しかたなく続いてわたしも入る。ものすごい騒音に呆然《ぼうぜん》としているわたしの腕をつかみ、藤堂さんは台の前に座らせると耳元で「きみもやりなさい」と隣に座ってさっさと打ち始めた。

わたしはパチンコ屋に入ったのがはじめてでやり方がわからず、一から藤堂さんに教わらなくちゃいけなくて恥ずかしかったけど、二千円で当たりを引いてわけがわからないうちに二千五百個に玉を増やし、全然当たらずあっという間に三千円をすってしまった藤堂さんに「エラい！」とほめられた。

店を出ると藤堂さんは細い裏道にあるあやしげな景品交換所で景品を現金に換《か》えて「はい一万円」とわたしに一万円札を差し出した。「才能あるんじゃないの」とからかわれても悪い気はせず、じゃあここでと藤堂さんに言われて元気よくお疲れ様でしたと挨拶《あいさつ》して歩き出してから、しまった、詩の依頼だったのにとうなだれた。

会社に戻って断られたと報告すると、編集長が「どうせダメなんだよ。あいつ、もう終わってるんだ」と言った。もう終わってるってどういうことですか、とわたしが聞くと編集長は窓の外に視線をやって、「書けないんだよずっと」とつぶやくように答えた。

「最後に詩集出したの、いつだっけな。とにかく全然書けなくなった。うん、書けないのか書かないのか、とにかく詩は発表していない」

わたしは負けず嫌いな上に単純だ。だから編集長に「どうせダメ」と言われると、何がなんでも原稿を取ってやろうという気になった。取ってわたしが優秀な編集者であるところを見せてやる。そう勝手に決めて藤堂孝雄について調べてみた。

——藤堂孝雄は一九五〇年生まれの詩人である。大学在学中に同人誌「正十七角形」主《しゅ》宰《さい》。詩人水島龍平に天才現ると高く評価される。一九七〇年、第一詩集『朝の祈り』で詩の芥川賞と言われるH氏賞受賞。表題作「朝の祈り」は国語の教科書にも多く取り上げられており、文学史的に不動の地位を得た。主な詩集に、七三年『ひどいことになるまえに』、七五年『接点』、八一年『僕は待っていた』、八五年『接続法』、九一年『放射線』、九五年『単純な私』、九七年『豚の演説』、九九年『花のお江戸』、二〇〇一年『失うということ』がある。デビュー以来作風を次々と変えているが、それについて自分はカメレオンであると説明。時代が要請する作風をとることが自分の詩的表現の方法であるとしている。八〇年代中期から九〇年代前半にかけて非常に難解で抽象的な詩を書いて批評されることを拒んでいたが、九〇年代後半からは一変して平易な言葉による一見わかりやすい詩を多く発表。九九年、詩集『花のお江戸』で渋谷、新宿、池袋に集まる若者や会社員、ホームレスなどを描き現代詩花椿賞を受賞。シンガーの手塚愛が歌ってヒットした「彼女は金魚」はこの詩集の中の一篇に曲をつけたもので、センター街に集まる少女たちを描いていて一気に知名度が上がった。その後教育テレビで番組を持つなどコメンテーターとしても活動の幅を広げた。二〇〇一年、詩集『失うということ』を発表。以後、詩作品の発表が途絶《とだ》えている。

会社の狭《せま》い資料室には藤堂孝雄の詩集が十冊以上もあり、ため息をつきながら一冊ずつ引っ張り出していると、若い編集者の村本ツトム、通称トム君が「今泉さん、藤堂孝雄のリサーチですか」と笑顔で声をかけてくれた。

「そうなんです。何にも知らなくて、昨日やりこめられちゃって」と答えると、「何かされなかったですか？　あいつ、女好きで有名だから」と言う。

「何もされないっていうか、けっこうなおばさんって言われました。失礼ですよねぇ」

「おばさん？　あいかわらず口悪いな。僕なんか青年青年って、いまだに子供扱いですよ。てか名前覚えてもらえない」

「へえ。あの人、四時の約束で水割り飲んでた」

「酒も好きだからなあ」

口が悪くて女と酒が好き、か。わたしはなぜかパチンコ屋に連れて行かれたことが言えなかった。軽くあしらわれたのを認めたくなかったからだ。三十九で集明社を辞《や》めるまで、わたしはちゃんとしたエディターだったし、デザイナーやフォトグラファーやモデルにもものすごく変わった人だっていっぱいいたけど、うまくつき合って仕事をさせてきたんだという自負があった。写真のA先生もモデルのFちゃんもデザイナーのSさんも曲者《くせもの》中の曲者。わたしじゃなきゃとても務《つと》まらない人だったもの。

とここまで考えて、じゃあわたしが辞めた後はどうなったんだろうとふと思い、辞めないでとは言われたけれど、辞めてから一度も戻ってきてくれという電話もなかったし、けっきょく別の人がちゃんと引き継いでやっているのだと考えざるを得なくて、なんだかがっかりした。

そんなことより、詩集だ。と何冊も本を自分のデスクに運び読み始めたがちんぷんかんぷんで、書いてあることがさっぱりわからない。たぶんこれが抽象的で難解な時期の詩なのだろうとあきらめて次にかかると、さらにむずかしくなる。ため息をついているとトム君が「年代順に作品が並んでいる現代詩人アンソロジーっていうシリーズ本があるから、それから読めばいいんじゃないですか」と親切に教えてくれた。

「ありがとうございます。なんだか詩ってむずかしいですね。学校で習ったはずだけど、宮澤賢治の「永訣《えいけつ》の朝」しか記憶にない」とわたしが苦笑いしながら言うと、トム君は「あめゆじゅとてちてけんじゃ」と答え、「それそれ。呪文みたいで流行《はや》ったな」とわたしも笑った。

果実社は古いビルの二階にあって、編集部と応接室、それに詩集が山積みになっている資料室の三部屋だけで狭い。書籍の倉庫は地下にあり、営業部の机が一つだけそこにある。営業部は経理も兼《か》ねていて、週末だけ社長の親戚の女性がやって来て帳簿《ちょうぼ》をつける。編集部の部屋には窓際《まどぎわ》に社長の机があり、編集長、トム君、わたしの三つの机がコの字に並んでいる。小さな学校の職員室みたいだ。

「もう一度お目にかかりたい」と電話をしたら、藤堂さんはあっさり「いいよ」と言った。手帳を見たり、とかいう間がまったくなかったので、詩人っていうのは暇《ひま》なのだろうかと思う。向かい合わせの机に向かっているトム君にそれを聞くと、いやあ暇な人なんていませんよ、みんな詩だけ書いてちゃ生きていけないから働いてるし、という返事が返ってきた。

「ねえ、正直な話、詩一篇書いてうちの雑誌に載ったらいくらもらえるんですか？」

「人によって違うけど、五千円から二万円くらいじゃないのかな」

「へえ、字数のわりに高いんですね」

「高い？　そんなこと言われたのはじめてだな。でも、まあそう言われれば、文字数で割ると高いのかな」

「そうですよ。四百字びっしり書いて一万円ってけっこういい方だと思うな」

わたしとトム君の会話を聞いていた編集長が、「字数で割るっていう発想がすごいね」と言った。わたしは「原稿料って言えば四百字でいくらって考えるのがふつうでしょ。違いますか？　この一行あきとか二行あきとか、こういうのズルいな、と思う。ページの下の方スカスカだし」と思ったとおりを口にした。編集長とトム君は笑い出した。

「でもねえ、何年も何十年も、いや百年先でも残る詩かもしれないわけだし、それ考えると原稿料なんて詩を書くモチベーションにはなってないと思うよ」

編集長の言葉はわたしにとって新しかった。新しいっていうことが驚きでちょっとこわかった。このところのわたしは、できるだけ何も感じないように、ひたすら新しいことから遠ざかっていたから、ほとんどそれは一撃だった。それで「詩」はわたしの中で特別なものになった。いちばんではないけれど特別なもの。

考えてみればいままでわたしの人生の中に、詩のページはなかった。国語の授業でも読んで終わりみたいなのが多かったし、比喩《ひゆ》はわかりにくく、言葉が飛躍するので意味があいまいでイメージがしづらい。それが詩の印象。きちんとやったのはさっきもトム君に言ったけど宮澤賢治の「永訣の朝」くらいしか記憶がない。妹が死んでしまう日のことで、悲しい詩だった。今日のことをけふと書いてあって、すごく寒くて透明で、きちんとパートごとに分けて読解した気がするが、けっきょくわたしはあの詩から先生の板書《ばんしょ》の字の羅《ら》列《れつ》のぼんやりした映像と、なんか悲しいってことと、あめゆじゅとてちてけんじゃ以外何も受け取っていないのだろう。でも宮澤賢治は原稿料のことなんてきっと百パーセント考えてなかったとわかった、いま。

　ということは、いったい何をエサに藤堂さんに詩を書けとせまればいいんだろうか。テクニカルな疑問を口に出そうとしてわたしは思いとどまった。ものすごく高尚《こうしょう》な領域を、下世話《げせわ》な質問で台無しにしてしまいそうな気がして気後《きおく》れしてしまったのだ。下世話であることを恥じたのではなく、高尚をけがすことがこわかった。

　ファッションの世界にだって芸術的な採算度外視のショーはあるけれど、ちゃんとうまくあとでそれを帳消しにするような商品が出る。出なければメゾンが立ち行かなくなっておしまい。つまり、デザイナーは芸術家でありながら売り物になる商品の素《もと》をつくり出しているということで、詩が売り物じゃないなら、そこがデザイナーと詩人の決定的な違いだ。詩が売り物じゃないなら？

ないなら、何なのだ？

そこでわたしは少し言い方を考えて、「藤堂孝雄の新しい詩が掲載されたら雑誌は売れるんですか」と聞いた。すると編集長は「ま、ニュースにはなるだろうけど、たいして変わらんだろうね」と答えた。さめた口調だった。

二度目もこの前と同じ新宿の喫茶店で、約束の時間にわたしが行くと藤堂さんは手を挙げ「桜子ちゃん、時間ある？」といきなり聞いた。サクラコちゃんになってる。しかも笑顔だ。煙草をはさんだ手で水割りのグラスを持って、わたしが「遅くなりました。時間ありますよ」と答えて椅子に座ると、藤堂さんは「用って何なの」と言った。わたしが「はい。ぜひ先生、じゃなくて藤堂さんに新しい詩を書いていただきたくお願いにまいった次第で」と言うと、「金持ってる？　こないだの一万円まだ残ってる？」と聞く。はあとわたしが生返事をすると、「じゃあそれを増やしに行こう」と藤堂さんは言って水割りの残りをくいっと飲み干し立ち上がった。「どこか行くんですか」とわたしが聞くと、「とりあえず浜松町」と言って店を出た。

夕方の新宿は買い物帰りの女性であふれていて、デパートの紙袋の洪水の中を藤堂さんはのっしのっしと歩いていく。その足取りのテンポが独特で、まわりの人になじまない。振り向かずにどんどん進む藤堂さんに置いていかれないように、わたしは人とぶつかりながら早足でついていった。一生懸命詩人の背中を追いかけている自分が空から見えて、少し不思議だと思う。

浜松町からモノレールに乗って、着いたのは大井競馬場前《おおいけいばじょうまえ》だった。

「藤堂さん、ここ、競馬場ですよね」

駅の階段を降り、競馬新聞を手に無言で門を目指すおじさんたちにまじって歩きながらわたしがそう聞くと、「一万円貸してね」と藤堂さんはニタッと笑って手を出した。この前のように魔法は効《き》かず、かといってその手をパシッと叩《たた》けるほどまだ親しくはなっていないのでなんとなく割りきれない気持ちのまま、財布から一万円札を出してその手にのせた。この間は気がつかなかったが、骨ばった大きな手だった。

「心配するな。ちゃんと増やして返してあげるから」と藤堂さんが言うので、わたしは思いきって「お金持ってないんですか?」と聞いてみた。藤堂さんはさっきとは違う笑いを浮かべ「詩人が金持ってるわけないだろ。持ってたら詩人じゃない」と答えた。あまりに紋切《もんき》り型のセリフだったので、バカじゃないの、こいつ、と思う。わたしはちょっと腹を立て「じゃあ競馬をテーマにした詩を書いてくださいよ」と言い返す。藤堂さんはじっとわたしの顔を見つめ「おもしろいこと言うね、桜子ちゃん」と言った。おもしろいの意味が急にわからなくなる。それでも負けず嫌いのわたしはすぐに言い返す。

「べつにおもしろくもないですよ。ひねりも何にもないし」

「ヒネリ？」

「競馬場に来てテーマが競馬じゃあね」

昔、女性誌の編集長がそういう主旨のことをよく編集会議で言ってたっけ。ひねらなきゃ。読者はついてきませんよ。藤堂さんはまだわたしの顔を見ている。

「プロの詩人ならそれくらい朝飯前なんじゃないですか？」

わたしもまっすぐ藤堂さんの目を見た。誠実さを示すためではなく挑むために。だって、ほんとうにそう思っていたのだ。なのに藤堂さんは「競馬場に来たのは競馬をやるため。競馬をなめちゃいかん」と言い、一万円札をわたしの顔の前でひらひらさせて、さあ行くぞと歩き出した。風が変わってプンと獣《けもの》のにおいがする。息を吸い込んでいる間に藤堂さんは男たちにまじってあっという間に風景にとけてしまった。詩人は姿を消す方法を知っているのだ。

2

部屋の入口で立ち止まりそっと中をのぞくと、中年の女が十人ぐらいバラバラと思い思いの席についている。奇妙に空気が張りつめて、その静けさが遠い記憶の中の四月の教室に似ていると私は思う。真ん中あたりで一人の女が手を挙げ「まひろ」と私の名前を呼んだ。マリコだ。私も手を挙げて近寄る。「あれえ、かぶった。エルメス」とマリコは私の胸元のスカーフを指差して笑った。マリコも私と同じで、大人女子に絶大な人気を誇るファッション誌「テンカラット」の今月号のグラビア「春の風はエルメスに乗って」を真似《まね》たのだろう。「ほんとだ」と私も笑い、隣の席に座る。

椅子と机でワンセット。「まるでほんものの教室だわね」と私が珍しそうに机の表面をなでていると、「ねえ、その髪型、キョンキョンの真似?」とマリコが聞く。エヘッと私は照れて、「そういうマリコは剛力彩芽《ごうりきあやめ》ですか」と聞き返した。「だってお兄ちゃんの方がゴウリキファンでさ」と男の子二人の母親であるマリコは堂々と述べ、「あ、そうだ。こちら安西洋子《あんざいようこ》先生」と反対側の隣に座っている年配の女性を紹介する。先生と呼ばれた女性は白髪のオカッパを揺らしおむすびみたいな顔をニッと崩《くず》して、どうも、と頭を下げた。私も頭を下げ「清水まひろです。専業主婦です。このクラスへはマリコさんに誘われて。どうぞよろしくお願いします」と挨拶した。たぶんその人はマリコの高校時代の国語の教師で、マリコはその先生の勧めでこのクラスに通い出したはずだった。いくつだろう。そう思いながらそっとあたりを見回すと、ほかにもエルメスのスカーフがいて、おしゃれしてきた自分がこっけいに思え、なんだかなあとついため息をついてしまった。

藤堂孝雄と詩をつくろう。

それがこのクラスの名前だ。三十六年前、大学で知り合った同級生のマリコにこのクラスの話を聞いてすぐに申し込んだのは、べつに詩を書きたかったからではない。藤堂孝雄という詩人に会ってみたい。そう思ったからだ。マリコが私を誘ってくれたのは、神様のお導きかもしれない。

そのとき、藤堂孝雄が入ってきた。少しゆるみかけていた部屋の空気がまたぴんと張りつめる。ホワイトボードの前に立つとぐるっと教室中を見回し、「ようこそ詩の教室へ。僕が講師の藤堂孝雄です」と余裕《よゆう》のある笑みを浮かべた。よく通る声は大詩人にふさわしく、立ち姿は自信に満ちていて、私はそこに一筋の光を見つけた気になった。

その日は、簡単な自己紹介をした後、新川和江《しんかわかずえ》という詩人の書いた「わたしを束ねないで」という詩のプリントが配られ、みんなでそれを読んで意見を言い合った。私は一度も発言しないでただ聞いていた。

「さて、宿題です。今月は『四月』をテーマに詩を書いてもらおうと思う。四月はみなさんにとっても特別な月でしょう。違うかな？　それぞれ自分にとっての四月について考えを深め、それを表現するための言葉をていねいかつ慎重《しんちょう》に探して集めてみてください。締め切りは今月中だけど、できた人から提出してくださってけっこう。僕とみんなでそれを読んで批評し合いましょう」

その日、私は安西先生のほかに山田ミスズという若い女性と知り合った。彼女も白いシャツの胸元にエルメスのスカーフを巻いていて、同じようにスカーフをして並んで座っていた私とマリコに気がついていたらしい。

クラスが終わった後、藤堂さんとつき合いの長い安西先生の提案で、隣のビルの一階の喫茶店に移動してみんなでお茶を飲み、藤堂さんを囲んで雑談をした。女たちは教室の中とは違ってなんだかキャピキャピしていて、やたらセンセーセンセーと藤堂さんにまとわりつく。私もマリコもその席ではあまり話さず、もっぱら聞いてばかりだったのでちょっと物足りなくて、藤堂さんが帰った後、向かいのチェーン店のカフェに入ってしゃべり直すことにした。そこに安西先生と、エルメスのスカーフがお揃いということで打ち解けた山田ミスズがついてきた。

「いやあ、なんていっても藤堂孝雄ですもんねえ。なんか気合い入っちゃって、初回はやっぱり春らしくエルメスのスカーフかなあって。もろカブリでしたね」

それぞれ飲み物を買って席に着くなりミスズはうれしそうにしゃべり出した。買い物を終えた女性や休憩中の営業マンで埋まった店内は、のんびりした空気がほんのりとあたたかい。

「でもやっぱりお二人にはかなわないな。バブルの香りってのがしますもん。ホンモノっていうか」

「ちょっと待ってよ。そんな、まるで私たちが前世紀の遺物みたいじゃない」

マリコが話をさえぎると、「だってそれ、パリとかで買っちゃったりしてません？　私なんかヤフオク！で中古ですよ。おんなじエルメスでももうレベルが違いすぎ」とカフェオレを飲みながらミスズが何のためらいもなく言うので、私はマリコと顔を見合わせ笑ってしまった。

「たしかに鋭いわ、山田さんでしたっけ。私たちＯＬ時代に二人でフランス行って、パリのサントノーレ通りの本店でこれ買ったのよ」

私の説明でミスズはやっぱり、とさらにうれしそうな顔をした。

「私だとバブルじゃなくて単なるレトロになっちゃうんですよね。だって生まれたときからユニクロあったんですよ」

「へえ。いまおいくつ？」

「三十です。学生のころから詩書いてて、売れないコピーライターやってます。『花のお江戸』読んで藤堂孝雄の大ファンになって。このクラス、何度も申し込んだんですけど、なかなか入れなくって。そう言えば安西さんって藤堂孝雄とはどういうご関係なんですか？　洋子さんって呼ばれてましたよね」

ミスズは私と同じことを思っていたようだ。すると「安西先生はね、最初からこのクラスに出てらっしゃるの。花の一期生」とマリコが代わりに答えた。安西先生は笑顔でコーヒーを飲みながらうなずいている。おむすびみたいな顔が根拠のない安心感を与える不思議な人だ。

「へえ。で、なんで先生なんですか?」ミスズは重ねて聞く。

「それはね、私の高校のときの国語の先生だったから」マリコが答える。

「そっか。じゃあ私もそう呼びます。ね、安西先生。先生は藤堂さんのどの詩が好きなんですか?」

ミスズは七十歳になるという安西先生に対しても積極的に話しかけていく。無邪気《むじゃき》で気取りがなくて気持ちいいくらい。

「あたくし? そうねえ、藤堂さんには怒られちゃいそうだけど、やっぱり「朝の祈り」かしら」

ふうん、とカップを目の前にかざしたまま「私はね、『失うということ』の中の「隣」とミスズが言う。少し秘密めかした言い方が気になる。

「私はねえ、『花のお江戸』の中の「歩道橋にて」かな」とマリコも続け、私は思わず「みなさんお詳《くわ》しいのね」とつぶやいてしまった。

「え、清水さん、藤堂孝雄のファンじゃないんですか?」

ミスズのびっくりした顔にちょっと恥ずかしい気持ちになりながら、「じつはね、このクラスに入ったのにはちょっとわけがあってね」と言い訳してしまう。

「どんなわけよ」

マリコがまじめな顔になった。ミスズも安西先生もじっと私の顔を見て話を聞く気になっている。三人が黙ると別のテーブルの笑い声が響き、それもまた違う笑い声にかき消される。話していいのだろうか。いっそのこと誰かに話してしまえば気が楽になるのだろうか、と私は迷う。必要なのは第三者の意見なのかもしれない。自信に満ちた藤堂孝雄の表情と声を思い返しながら、ダメでもともとなのだと心の中でつぶやいて、私は話し始めた。


一人娘のクルミが口をきかなくなったのは、高校三年の二学期、去年の秋のことだった。それまでうるさいくらいおしゃべりで、帰宅するとにかく学校であったことをあれこれ私に教えてくれていたのが、ぱったりと止んで無口になった。話しかけても目を合わせず、何かあったのかとしつこく聞いたが、「べつに」としか答えない。心配になって担任に電話をかけたら、学校側からも話があるので、面談をしたいと日時を指定され、何事かと不安な気持ちのまま学校まで出向いた。

クルミの担任は私より二十も若い男の数学教師で、数学が得意なクルミのことをとてもかわいがってくれていたはずだった。通された部屋には、その担任のほかに年配の学年主任と教頭もいて、どうも簡単な話ではないらしいとわかった。

担任の説明によると、九月の末にクルミのクラスの女子が自殺未遂事件を起こして、親が彼女の日記を調べたら、そこにクルミの名前があったのだという。クルミは自分を徹底的にムシする許しがたい存在だと何度も書かれていたらしい。親の求めもあり、学校側はクルミに事情を聞いたが、クルミはまったく思い当たることがない、それどころかその女子とはほとんど話をしたこともないと答えたようだ。

ここまで担任が話すと、学年主任が代わった。

「清水さんは成績も優秀で人望もあり、とてもウソをついているとは私どもも思えなかったのですが、日記を書いた生徒の親が納得しませんでね。結局その生徒を別のクラスに移したんです。異例のことだったので、いろいろ噂《うわさ》が飛《と》び交《か》って、清水さんはかなりつらい思いをしたはずです」

思いがけない話に私は絶句した。それじゃあクルミは謂《いわ》れのない中傷で苦しんでいるのか。担任はうつむき、学年主任は汗をかいている。

「その生徒さんに会わせてください」

私がそう言うと、「お母さん、よく考えてください。お気持ちはわかりますが、これ以上こじれさせるのはクルミさんのためにならないと思いませんか」と今度は教頭がなだめるような口調で学年主任に代わって話し出した。

「うちの娘がウソをついてるってみんなに思われてるんですよ」

「もはやどちらがウソをついているのかという話ではなくなっているんです。その生徒は何度も清水さんにムシされたと主張しています。清水さんの話を信じたいのはやまやまですが、その生徒がウソをついていると我々が断定するわけにもいかないのです。いまの子供たちは非常に傷つきやすい。清水さんにムシしているつもりがなくても、ムシされているとその生徒が感じていたのかもしれません。高校三年生にとっては、もう受験に向かってラストスパートをかける時期に入っています。心を乱すような状況は好ましくありません。我々にはほかの生徒のために平和な日常を取り戻さなくてはならない責任があるのです」

「つまり、うちの娘に泥《どろ》をかぶれと言うんですか」

「いえ、もうこの事件は忘れて受験勉強に専念してほしいと言っているのです。クラスが変わって、相手の生徒も親も納得しました。表面上の問題は片がついているのですから」

「それじゃあクルミの気持ちはどうなるんですか」

私はあまりの怒りでどうにかなりそうだった。バッグの持ち手をかたく握りしめる。

「あの子はまったく口をきかなくなったんですよ。にぎやかで明るくて、笑ったり怒ったり、表情の豊かな子だったのに、ニコリともしない。そんな娘に私はなんて言ってやればいいんですか？　会わせてくださいよ、その生徒さんに。私がほんとうのことを聞き出します」

最後の方はほとんど金切《かなき》り声になっていた。私がいきり立つと教頭と学年主任は顔を見合わせため息をついた。

「お母さん、学校側としてはもうこの問題を蒸し返すつもりはありません。お母さんがその生徒に会ったところで事態は何も変わらない。むしろ感情を逆なでして彼女はまた自殺を企《くわだ》てるかもしれない。それはなんとしても避《さ》けたい。わかっていただけませんか」

「自殺する子の方が強いってことですね」

私は怒りにまかせてそう吐き捨てると、部屋を飛び出した。

家に戻り、帰宅してリビングのソファに座って参考書を開いていたクルミを問い詰めた。クルミは黙っている。

「お母さんはあなたを信じてるから。かわいそうに、あなたは何にも悪くないのよ。とにかく、もうそんなこと忘れちゃいなさい」

私はそう言うと、思いきってクルミを抱きしめようとしたが、クルミはくるりと背を向けると自分の部屋に引きあげてしまった。

「娘が学校に行ってる間、あの子の部屋をじっくり観察したの。持ち物の少ない子でね。本棚《ほんだな》には参考書と問題集とCDと少しばかりのコミックだけ。そんな中に『藤堂孝雄詩集』があったの。忌野清志郎《いまわのきよしろう》の詩集と宮澤賢治の詩集にはさまれてた。その三冊の詩集だけが、あの子の心の内側と関係ありそうに思えるものだった。そして藤堂孝雄だけがまだ生きていた。私は娘の心の中になんとか入りこんで、あの子の苦しみを取り去ってやりたいの。そのために、あの子と話すきっかけをつかみたいのよ。このクラスに入ることにしたのは、藤堂孝雄が娘の何を捉《とら》えたのか知るため。全然とんちんかんなことをしてるのかもしれない。けど、ほかにできることがないの。娘はね、みんなの予想を裏切ってことごとく大学受験に失敗して、この四月から予備校に通い出してる。応援したいのよ」

私の長い話を三人の女は最後まで真剣に聞いてくれた。「知らなかったわ。まひろ、大変だったのね」とマリコは涙ぐんでいる。

「その日記の女子、いかれてるんじゃないのかなあ。被害妄想でしょ、それ完全に。娘さんかわいそう」

ミスズは一緒になって憤慨《ふんがい》してくれる。二人の言葉が熱い風のように耳から胸に降りてくる。

「まひろさんも、『藤堂孝雄詩集』をていねいに読むといいわね」と安西先生は静かに言った。

「藤堂さんの主だった作品は全部入っています。なかなかいい本だもの、きっと何かつかめますよ」

安西先生の口調は力強くて、若い者に対する実直な愛情を感じた。あの部屋にいた三人の教師からは感じられなかった愛情。話してよかったのかもしれない、と私は思った。

詩の教室のあった吉祥寺《きちじょうじ》に住んでいるマリコと安西先生と別れ、これから江古田《えこだ》まで帰るというミスズと電車に乗った。下りの電車は帰宅する人で混み始めていたが、上りはけっこう空《す》いていて、二人で並んで座る。電車のにおいが少し吐き気を誘う。ミスズは「四月がテーマかあ。何書こうかな」と張り切っている。それを聞いてやっと宿題を思い出したが、クルミの話を告白したせいで疲れてしまったのか、何も言うことを思いつかず、ぼんやりミスズの飾り気のないベージュのバレーシューズを見ていた。

「私も子供産んだらまひろさんみたいな立派な母親になれるかな」

ミスズは今日会ったとは思えないほど親しげな口調で、私はその勢いにちょっとたじろぎながら「話聞いたでしょ。私なんか全然立派なお母さんじゃないわよ」と無難《ぶなん》な答えを返した。

「そんなことないですよ。娘のために詩の教室に来たわけでしょ。感動しちゃいました。私、子供産むかどうか迷ってるんですよね」

「そうなの?」

「うん。ダンナは売れないフリーライターで、二人で暮らしていくのがやっとなんですよ。清水さん、いくつで子供産んだんですか?」

「三十六かな」

私は返事をしながら、頭の中では夕飯のメニューを考えていた。

「ごめん。私、ここで降りる。また来週ね」

突然話を打ち切られても全然気にするふうもなく、ミスズは「お疲れ様でしたあ」と降りる私に向かって元気に手を振った。

改札を出ると駅前のスーパーで鶏《とり》のモモ肉とカットトマトの缶詰と野菜を買った。夕方のスーパーは昼間と違って職場帰りのきちんとした身なりの女も多く、みんながここで選んだ食材を買って家に持ち帰り、着替えを済ませると時間に追われるようにせかせかと、それを切ったり刻《きざ》んだりして鍋《なべ》やフライパンを使い料理するのだとリアルに思う。そこに家庭があれば夫や子供がいて、黙っていればちゃんとご飯が出てくると思い込んでいて、そのほとんど無意識の要求に応えるために毎日頭をフル回転させて買い物をする、そんな月並みなことが私の大事な仕事なのだ。詩とはどうしたってかけはなれている。

スーパーには四月のかけらもなくて、帰り道にだって四月を思わせるものは何もなくてがっかりしていると、最後の角を曲がったとき、黄色い土壁《つちかべ》のある古い家の庭から桜の花をつけた枝が飛び出しているのに出合った。四月がテーマで、ありきたりに決まっている四月の代名詞「桜」について書くのが、どの程度NGなのかはわからなかったが、私はまったくの初心者なんだし、きっと桜の詩ぐらいしか書けないような気がする。桜は五分咲《ごぶざ》きというところか。こんどの週末には見頃になるだろう。私は満開より散り始めの桜の方が好きだ。桜の詩を書くなら、それがなぜかを考えなくてはなるまい。藤堂さんが言った。

「何かを感じる。その理由を考える。それが詩への第一歩です」

家に帰ってチキンのトマトソース煮とサラダを作り、九時ごろ予備校から戻ってきたクルミと一緒に夕食を食べる。クルミはずっと無言だが、私は「今日から吉祥寺の詩の教室に行くことにしたの、教えてくれるのは藤堂孝雄。クルミも知ってるでしょ?」と何気ないふりを装《よそお》ってしゃべる。クルミは黙々と夕食を食べ続け、食べ終わると席を立った。

藤堂さんってやっぱり有名人って感じだったな。なんだか笑顔まで計算し尽くしてるみたいにね、スキがないのよ。芸能人ってあんなじゃないのかしらん。私がしゃべり続けると、お風呂に入ってきますと言ってクルミはリビングから消えた。自分の言ったことが全部、黒い紙の上の白ヌキの文字のように見えて自分でも鼻白んだ。

クルミの姿が消えると、リビングは急に冷え冷えとして、中途半端《はんぱ》な気温と同じくらいまで自分の体温も下がってしまったように感じる。赤いトマトソースの張りついたプロヴァンス風のボウルと梅の花の模様のついたからっぽの小さな茶碗。お揃いの柄《がら》の愛らしい湯呑み。目を閉じると濃いエンジの箸《はし》を握っていたクルミの骨ばった指と細い手首をくっきりと思い浮かべることができるけれど、あの子の声、笑い声がどんなだったか、私にはもう思い出せる自信がない。四月になれば、嫌《いや》なことはきれいさっぱり消し去られて、元通りの暮らしが戻ってくると信じてじっと耐えてきたのに、うちには春が来なかった。あの子が頑《がん》として春を拒んでいるのだ。

血の通ったほんものの母親に戻るために、私はよいしょっと掛け声をかけながら重い腰を上げ、大きな器の上により小さな器をパズルのように積み上げて、流しまで機械的に運ぶ。うらみがましく蛇口《じゃぐち》をひねる自分の中の、おばさん特有の厚かましさを、いまこそ我が家は必要としているのかもしれないと思うと、たるんだ二の腕と垂《た》れ下がりかけた乳房と厚みを増した腰まわりだけが妙に頼もしく、だから私は決して泣いたりしない、あの子より先に泣いたりしない、と心に誓う。

3

あれからひと月半の間、慣れない詩や評論の原稿と格闘するかたわら、わたしは何度か藤堂さんに会っていた。

大井競馬場で貸した一万円はあっという間にハズレ馬券に変身し、わたしはさらに一万円を貸すハメになった。その次に会ったときはデパートに連れていかれ、鍋敷きと鍋つかみを選ばされた。日常に波風を立てるのだ、と言われ、それ、詩と関係あるんですかと聞いたら、あると言うので、しかたなくわたしはそれを買って藤堂さんに渡した。その次に会ったときは映画の試写会に連れて行かれた。連れて行ってやる、と藤堂さんは言ったのだが、映画が始まってすぐに藤堂さんは熟睡してしまって恥ずかしかった。そんなこんなにつき合わされているというのに、あいかわらず詩を書くとは言っていない。

今日は、東京競馬場に行くことになっていた。日曜日で日本ダービーだと言う。

「ダービーと詩と何か関係あるんですかね」と電車の中でわたしが言うと、つり革につかまって隣に立っている藤堂さんは「きみの言うように、テーマはどこに転がっているかわからないからね。大井競馬場じゃうまくいかなかったんで、中央競馬の、それも一年でいちばん盛り上がるレースのある日に再挑戦ってわけさ。桜子ちゃん、資金は準備してきただろうね」とシレッと言う。この人はどこまでが本気でどこからが冗談なのかわかりにくい。俗っぽい駄洒落《だじゃれ》は言わないけど、皮肉は大好きみたいで、ダービーに行くということ自体が冗談なのかもしれないと思いながらつき合っている。どうせどう質問したところで詩に関係ないものなどないと言われるに決まっているからだ。「馬券代は経費にならないって編集長に言われました」とわたしが言い返すと、「ウソつけ。馬券代巻き上げられたなんて、きみ、恥ずかしくて鈴木君に言えるわけがない」とすべてお見通しだ。

わたしはチェッと心の中で舌打《したう》ちする。藤堂さんから詩を取りたくてご教示をあおごうと入院している社長のお見舞いに行ったら、「詩人に金貸すんじゃないぞ。絶対に返ってこないからな」と最初に言われて、ヒントをもらうどころかいきなりがっかりしてしまった。それでも藤堂孝雄に依頼を続けていると言うと社長はうれしそうな顔をして「もらえるといいな。終わらせちゃいかん」とわたしを見てつぶやくように言った。

規則正しく伝わってくる電車の振動に合わせて、その声が耳の奥で繰り返される。終わらせちゃいかん、終わらせちゃいかん。

わたしは自分の中の青臭い使命感が掘り起こされてもぞもぞ動き出しているのに気がついて、消えてしまいたいくらい恥ずかしかった。心の根っこに正義感があるのにも気がついていた。紋切り型の思考回路が自分をつまらない人間にする。いっそこの詩人がどうしようもない人であってほしかった。わたしが使命なんて果たさなくていいように。そういうの嫌いだから。そういうの似合わないし、それにきっとこの人はわたしのそんな青臭さをやり玉に上げて笑うだろうってことがわかってるから。そんなのカッコ悪すぎる。

「知ってるか。寺山修司《てらやましゅうじ》はね、ハイセイコーの詩を書いているんだよ」

電車を降り階段を上り、改札を抜け、競馬場の入口まで続くペデストリアンデッキを歩きながら藤堂さんはそう言い、わたしはハイセイコーと口にした。口にした途端《とたん》、耳の奥のささやきはかき消え使命感も雲散霧消《うんさんむしょう》した。それでホッとしすぎて「知りませんでした。ハイセイコーって有名な馬ですよね」と言ったらちょっと浮かれた口調になってしまった。

ラッシュ並みの人が同じ方向を目指して早足で歩いている。藤堂さんも早足だ。

「有名な馬。一九七三年のダービーで一番人気になって負けた」

「えっ、七三年?」

「うん。なんだ、生まれた年か？」

「はあ」

「へえ。じゃあ桜子ちゃんはもう四十か」

くそっ。自分から年をばらしてしまった。

「藤堂さんだってもう六十五じゃないですか」

「まだ六十四だ」

「失礼しました。六十四と五じゃ大違いですもんね。それにしてもずいぶん人が多いですね」

「ダービーだからね。迷子にならないようにちゃんとついてこいよ」

「お金持ってないくせにいばんないでくださいよ」

わたしがそう言うと藤堂さんはわたしの顔をのぞき込んで「今日はきみもこいつが勝つと思う馬に必ず賭《か》ける事」と命令した。

「いくら賭ければいいんですか？」とわたしが聞くと「馬券は百円から買える」と答える。

「じゃあ百円」とわたしは即答する。

「百円賭けたくらいじゃ詩にならん」と藤堂さんはバカにしたような顔をした。理屈になっていないと思う。

「寺山修司はいくら賭けたんですか？」

「さあなあ。あんまり賭けてなさそうな、しみったれた詩だからな」

「しみったれた詩ですかあ?」

「オレはしみったれた詩が大嫌いだ」

わたしはしみったれた詩というのがどういうものかがよくわからなかったので、帰ったらその詩を探して読んでみようと思った。

東京競馬場は大井競馬場に比べると桁違《けたちが》いに広い。若い男の子や女の人もいっぱいいたけれど、全体的にはオヤジの海という感じだった。藤堂さんは競馬新聞の見方を熱心に説明してくれたがそれはけっこう複雑で、小さな字がマス目の一つずつにびっしり詰まっていて情報は驚くほど量が多くて専門的で詳しすぎ、つまりむずかしく、わたしがきちんと把握《はあく》できたのは馬の名前とその毛色くらいのものだった。藤堂さんは、競馬新聞というのは最も優れた文学作品なんだよ、ヘミングウェイだって似たようなことを言っている、とエラそうに言う。いかにも教えたがりの七〇年安保世代のおじさんっぽかった。

自動券売機に使用するマークカードの記入の仕方を教わって、馬券を買うため長い列に並んでいると、後ろから藤堂さんが何に賭けるんだと聞く。ワンアンドオンリーですと答えると理由をたずねられた。いい名前だと思ったと言い訳して顔が赤くなった。案外チャラいんだねと藤堂さんは例のいじわるそうなニタニタ笑いを浮かべている。言われると思ったと言い返しながらやっぱりくやしい。

それなのに、ワンアンドオンリーが勝つなり「いやあ、やっぱりビギナーズラックに乗って正解だった。エラいぞ桜子」と藤堂さんははずんだ声でわたしの背中をバンバン叩く。ビギナーズラックに乗る？　まったくこの人は、そのためにわたしを連れてきたのか。ちょっと腹が立ったので「何かつかみました？」と質問すると、「きみ、いくら賭けたの？」と藤堂さんは例のいじわるな笑顔で聞いてきた。「一万円です」とちょっと胸を張ったら、藤堂さんはじっとわたしの顔を見て「そいつは、見直した」と小さな声で言った。

「詩が書けそうですか？」

「きみは何を感じた」

しんと静まり返ったパドックにさざめく新聞紙のぺりぺりいう音と、身じろぎもしない観客の集中力と、見つめられる中で黙々と歩いていたワンアンドオンリーの横顔をわたしは思い出した。重なった人々の後ろ姿の隙間《すきま》からチラリと見えたその宝石のような瞳。そこに映し出されていたもの。

「祈り？」

「祈り、か。まあよろしい」

藤堂さんはなにがよろしいのか説明しなかったし、貸した金も返してくれなかった。でもそれ以上いじわるな顔はしなかった。

それから何日もしないうちに藤堂さんから電話があって、ちょっと来てくれないかと言われた。「おまえ藤堂に甘すぎるんじゃないのか」と編集長に笑われたが、もしかしたらダービーの詩が書けたのかもしれないと一瞬ワクワクし、いやあ、あいつのことだからきっとまた何かさせるつもりなんだろうと期待を押さえつけて電車に乗った。

指定されたのは吉祥寺の駅の近くのビルの一室で、藤堂さんはそこで十五人のおばさんを相手に詩の書き方を教えていた。十五人の女はほとんどがわたしより年上で、バッチリ化粧をしてナラカミーチェのフリル襟のブラウスやフランク&アイリーンに見えるムネの開いた真っ白のシャツやイッセイミヤケとかプランテーションっぽい麻のチュニックを着て、全員が前のめりになって藤堂さんを見つめている。かすかに甘ったるい香水の香りが漂い、わたしは一瞬前の仕事に戻ったような錯覚《さっかく》に陥《おちい》った。藤堂さんはわたしの顔をときどき見ながら六十分の講義をし、残り三十分を質疑応答にあてた。

講義の内容は、生徒の提出した作品の批評と、今週の一篇の朗読と短い解説で、その日藤堂さんが取り上げていたのは、寺山修司の「さらば　ハイセイコー」だった。わたしはすでにその詩をネットで探して読んでいたが、藤堂さんがその詩のことをすごくほめるのでびっくりしてしまった。しみったれた詩で大嫌いなはずではなかったのか。目を丸くしているわたしをちらりと見た藤堂さんはニヤッと笑った。またわたしが驚くのを見て喜んでいる。

終了時間が過ぎても先生を取り囲んでしゃべり止まない女たちに向かって、「すまんね、今日は約束があってお茶会はナシなんだ」と藤堂さんは言った。女たちは口々に残念と言いながら、ようやくあきらめ、教室から出ていった。女たちがいなくなると突然静けさが生まれる。

「これを見せるためにわたしを呼んだんですか?」

わたしが聞くと、「『藤堂孝雄と詩をつくろう』。どうかと思うネーミングだが、クラスの申し込み者はいつもすぐに定員いっぱいになる」と藤堂さんは答えた。

「クラスはいくつあるんですか?」

「四つだ。一クラス十五人で六十人。月謝は月七千円。しめて四十二万。ここは友人の持ちビルでね、部屋代は二時間一万円。月に十六万円払って残りが二十六万」

「いい稼《かせ》ぎですね」とわたしが言うのを期待していたみたいに、藤堂さんはまじめな顔で

「奉仕活動だよ」と答える。

「よく言いますね。素人《しろうと》相手に適当なこと言っちゃって。「さらば　ハイセイコー」のこ としみったれた詩で大嫌いだって言ってたじゃないですか」とわたしがさらに追及すると、

「ああいうのがウケるんだよ。わかりやすくて適度に感動して、いい詩体験になる」ときた。わたしはちょっとあきれながら「これじゃあ、あこぎな詐欺《さぎ》です」と藤堂さんをにらんだ。

「詩人が詩の作り方を教える。これのどこが詐欺なんだい」

「だって藤堂さんはずっと詩なんか書いてないじゃないですか。それともダービーの詩、書けちゃったりしてて、それでわたしを呼んだとか」

わたしの言葉を藤堂さんは軽く無視して、「家に行こう」と立ち上がり、そこから歩いて井《い》の頭《かしら》公園の中を通って自宅のあるマンションにわたしを連れていった。

古ぼけたマンションにはエレベーターがなく、三階まで歩いて階段を上った。遠慮せずに入ってくれたまえと言われ、わたしは少し緊張《きんちょう》しながら部屋の中に入った。玄関に続く廊下《ろうか》から壁は全部本棚になっていて、本がぎっしり並んでいる。リビングの床の上にも本が無造作《むぞうさ》に積まれて家の中は古本屋みたいだ。少しかび臭い本のにおいに煙草のにおいがまじっている。

「すごい本ですね」とリビングの入口に立ち止まったわたしが言うと、「どれでも好きな詩集、貸してやるぞ。みんないまじゃ手に入らない貴重なものばかりだぞ。きみはろくに詩を読んでないようだからな」と藤堂さんは振り返り、立ったまま腰に手をあててエラそうに言った。

「どうせ大岡信《おおおかまこと》が編集した日本の詩百篇とかなんとかいうようなアンソロジー本くらいしか読んでないんだろ」

「え、え、なんでわかるんですか」わたしはどぎまぎする。

「きみはグタイの人だからな」

「はあ?」

これはナゾかけだ。

「「さらば　ハイセイコー」も悪くないと思ったはずだ」

「そんなことないですよ」

「じゃあどう思った?」

「はい。編集者としては、ちょっと長いかな、と。それから、どんなふうに言ったところで競馬って競走で、わたしは勝負とか競争が大嫌いだからそこにひっかかって。とにかく、ハイセイコーはもういいんです。ダービーの詩、できました?」

「ふむ。おもしろいことを教えてやろう。あの日、皇太子がお見えになっていただろう、彼の誕生日が二月二十三日。勝った馬も二月二十三日生まれで、ジョッキーも同じ誕生日。しかもオーナーまで二月二十三日生まれだったんだと」

「詩になりますか?」

「ならん」

そこにミーとか細い猫の鳴き声がした。

「おお、生きてたか。よしよし」

よたよたと積まれた本の隙間から出てきたのは、キジトラの仔猫だった。わたしは反射的に目をそらす。

「ゴミ捨て場で拾ったんだ。ポリ袋の中で鳴いていた。どうしても見過ごせなくて、袋ごと持ってきた。中に猫用の粉ミルクとバスタオル、それからこいつが入ってた」

藤堂さんはしゃがむと足元までよたよた歩いてきた仔猫をつまみ上げ、わたしに差し出した。いやいや、わたし、ムリです、仔猫とか苦手だし、と言いながらわたしは後ろに下がる。

「きみの家は一戸建てかね、庭はあるか」

「いいえ。ただのマンションです。一LDK」

一人暮らしか、と藤堂さんはつぶやくように言い、わたしの顔をじっと見ている。見られると落ち着かず、悪いですかとわたしはつい言い返した。

「悪くない。ちょうどいいじゃないか、猫一匹、話し相手になる。なにもきみが飼わなくてもいいんだ。誰かにくれてやってもかまわない。僕にはムリだ。こういうのは育てられない。わかるだろ」

もちろんわかる気はするけれど、それとわたしはどうつながるのか。藤堂さんの手の中で仔猫がミィーと高く細い声を出した。口が耳まで裂《さ》けて薄いピンクの小さな小さな舌がチラッと見える。使命感と打算がせめぎ合い、紋切り型の思考回路は引き受けろと要請する。それがわたしの意志になるのを感じる。

「もし、この仔猫を引き受けたら、藤堂さんは何をしてくれるんです？」とわたしは聞いた。

「仔猫をやろうと言ってるんだ。礼を言うのはきみの方だろ」

「何言ってんですか、ほかに頼める人がいないからって立場の弱い編集者を呼びつけるなんて最低」

「立場が弱い？　僕に向かってきみくらい言いたい放題なヤツはどこにもおらんよ」

藤堂さんの答えにわたしはちょっとひるむ。これで言いたい放題？　冗談じゃない。こんなに我慢して平和を維持する努力をしてるというのに。

「ほかにも担当編集者はたくさんいるでしょ。どうしてわたしが」

「担当編集者などいない。きみだけだ」

え、とわたしは言いそうになってあわてて口をつぐんだ。だって藤堂孝雄は国民的有名詩人のはず。わたし以外に担当編集者がいないなんて、どういうことなのだろう。ずっと詩を書いていないから？　いや、そもそも現代詩専門の編集者というのが存在しないのではないか。わたしはそんな特殊な職業に就《つ》いてしまったんだろうか？　なんにせよ、この話は広げられない。事実なら墓穴《ぼけつ》を掘るし、ウソなら話はこじれる。藤堂さんはわたしが断れないのを知っていて頼んでいるのだ。

「わかりました。育てますよ。その代わり書いていただきますからね。詩を、うちの雑誌に最優先で」

わたしがそう言うと藤堂さんは黙った。わたしは藤堂さんの手から仔猫をもぎ取り胸の前で抱《かか》えた。もぞもぞと仔猫が腕の中で動いた。か弱いぬくもり。

「約束してください。書くって」

4

朝七時に家を出て予備校に行ってしまうと、クルミは夜の九時まで戻ってこない。夫の浩介《こうすけ》が会社から戻るのはもっと遅い。二人を送り出した後、掃除をして洗濯をして買い物に行き家事を一通り片づけると、私はクルミの部屋で過ごすことが多くなっていた。

机とベッド、ハンガーラックと整理ダンス、それから本棚。クルミの部屋にはそれだけの家具が置かれていて、もともとそう広くない空間を隙間なく埋めている。窓際のベッドに腰かけると、真正面の壁に本棚があってそのいちばん上の段にCDが並んでいた。左手の整理ダンスの上にCDプレイヤー、その隣にわりと大きめの鏡が置いてある。ワンピースや化粧品やヘアスプレーやハンドバッグや、大学に入学していればあったであろうはずの女の子らしいものは何もない。窓の外は五月の能天気な青空で、マンションの八階からは遠くのビルが波頭《なみがしら》のように光っている。ベッドカバーは私のお手製のパッチワークキルトで、それだけがこの部屋になじまない気がする。枕に顔をうずめると甘酸《あまず》っぱい汗のにおいがしたけれど、それがあの子のにおいなのだとどうしても思えない。

クルミの部屋に入ると私はいつもクルミの持っているCDをかけた。高校生だったときは、携帯電話にダウンロードした曲をいつもイヤホンで聴いていたから、そこにあるCDが彼女的にはどういう存在なのかは不明だったけれど、私は一枚ずつかけてそれを聴いた。知っている歌手はいなかった。いまは歌手とは言わないでミュージシャンと言うのだろうが、歌を歌っているのだから歌手には違いない。それでも歌手とミュージシャンは別物のような気がする。

聴き始めたころ、たいていの女性ミュージシャンが相手に呼びかけるのに、「あなた」と言わずに「きみ」と歌うのを聴いて私はとにかく驚いた。男の立場で歌っているのかとも思ったが、そうではない文脈で「きみ」は使われている。それに愛を語るにしても別れを歌うにしても、きっぱりはっきりしていて強かった。スケールも大きくて、強いのが精神なのか性格なのか立場なのかはよくわからないけれど、とにかく強かった。「大丈夫きみは一人じゃない　私がいつもそばにいるよ」と女が高らかに歌うのだ。

それに対して男性ミュージシャンの歌は繊細でひたすらやさしく情けなかった。遠くから女のしあわせを祈ったり、がんばっていればちょっとだけいいことがあるから大丈夫というような人生応援歌だらけだった。「遠くからきみの笑顔見守ってる　それだけで僕はいい」と男は切ない声で歌う。

どの歌を聴いても、歌詞の意味がほんとうにその言葉通りなのか、すぐには信じることができなかった。そこには愛だのしあわせだのありがとうだのがんばれだの、おおざっぱで多用すればするほど中身がスカスカになりそうな直接的な言葉があふれていて、それは歌詞というよりコピーに近く、私は気分が悪くなるのだった。めぐり会えた奇跡。そんな気恥ずかしい言葉に様々なメロディーをつけて、彼らは何度も繰り返し歌う。なぜ彼らがそんなにも聴き手を励《はげ》まさなくてはならないのかが私には理解できない。繰り返し歌われれば歌われるほど、めぐり会えた奇跡が薄汚れる気がする。がんばれという言葉の重みが失われていく気がする。そんなにも歌詞を重視する私が時代遅れなのだろうか。こんなふうにたくさんのがんばれがあふれている世界で、絞《しぼ》り出すように私がクルミに「がんばって」と言ったとして、その言葉がこの歌の歌詞ほどの重みしか持たないのだとしたら、言うだけムダだと私は思った。私だけがあの子にほんとうにがんばってほしいと心から思っているというのに。

それをマリコに話したら、「ウチの息子二人なんてAKB48とMONGOL800のベスト盤ばっかりよ」と言われた。

「それ、どういうの？」

「人生応援歌よ。反抗的なところがまるでないんだもの、若干《じゃっかん》あせるわよ。青春って丸くなったのね」

「マリコって十八歳のころ何聴いてた？」

「うーん、サザンオールスターズかなあ」

「今何時？」

「そーね、だいたいねー」

ふふふ、と私たちは笑う。

「サザンかあ。私、いちばん好きな曲はオフコースの「秋の気配」だった。大学に入ったら佐野元春と清志郎、それから大瀧詠一」

「ひゃー、なつかしい」

「みんなつっぱってたよねえ」

「うん。オフコースでさえ愛の終わりの皮肉を歌ってたよね」

「いまは違うの？」

「違うわよ。小田和正だってしっかり人生応援しちゃってるのよ」

「信じられない」

そこまで話したところへ山田ミスズが入ってきて「こんにちは」と頭を下げると席に座った。

「なんか盛り上がってたじゃないですか。何の話してたんですか」

ミスズはティーシャツにデニム、テーラードジャケットというスタイルで年より若々しく見えた。

「いやねえ、子供たちの聴いてる歌がね、みんな素直な歌詞で人生応援歌が多いって話よ」

マリコはベージュのパンツに黒いペイズリー模様のシフォンのチュニックを着て、首に下げたゴールドのロングネックレスを右手でいじっている。

「そりゃしかたないですよ。いまの子たちって生まれたときからあの手この手でモノを売りつけられ続けてるんですもの。言葉の発想がコピー的なんですよ。努力すれば夢はかなうとかきみは世界で一人のかけがえのない存在だって、モノを売る大人たちに言われ続けて育ってるから、信じようが信じまいがその呪文から逃れられないんです」

ミスズの説明に、私はなるほど、とふに落ちて、「だから「世界に一つだけの花」とかが大ヒットするんだね」とうなずいた。そのＳＭＡＰの大ヒット曲では、誰もが「世界に一つだけの花」なんだから、競争して一番にならなくてもいいって堂々と歌われている。

社会の中では取り換えのきく人間の方が圧倒的に多いし、努力して夢がかなうなら世話はない。人間の能力には差があるのだ。だからといって、あえてそのことを子供に知らせるのもどうかなとも思う。思う反面、誰かがどこかでそれを伝えなければ、挫折《ざせつ》したとき立ち直れないのではないかとクルミのことを思った。模試では八十パーセント以上の合格判定を取り続けていたのに、どこの大学にも入れなかった。ショックを受けたのはクルミだけではなく、私も浩介も自分の娘が世界に拒絶されたことに打ちひしがれ、なぐさめる言葉すら思いつかなかった。あの子はそこから立ち直るためにどの歌を聴いているのだろう。どんな歌詞があの子の胸に響くのだろう。

「四月の詩ということで、提出してもらった中に桜の詩が十篇ありました。たしかこのクラスは十五人だよね」

藤堂さんがそう言うと、みんながクスクス笑った。私もその中の一人で、ほかにも桜の詩を書いた人がいることを知っただけでなんだかうれしいような気がして、みんなと同じように笑ってしまう。誰かがシャネルの十九番をまとっているのか、笑いでさざめく空気にかぎ慣れた香水の甘い香りがまじっている。

「日本人の桜好きはいまに始まったことではないけれど、つぼみが開き始めて一週間で満開になりハラハラと花吹雪になって散っていくのを見ると、何も感じないでいる方がむずかしいんでしょうね」

藤堂さんは馬場マサ子さんの書いてきた詩をみんなに配り批評を始める。回を重ねるうち、三十代は山田ミスズだけで彼女がいちばん若いということがわかっていた。四十代が二人。あと私とマリコのような五十代と団塊《だんかい》世代を含《ふく》む六十代が半々で、七十代は安西先生一人。女に会うと相手の服装を気にしてしまうのは私の世代の癖《くせ》で、観察の結果、バブルを経験している私たちは、それから二十五年経つ間に三つのタイプに分かれていることを知った。一つ目はいまも昔のブランドものを身に着けるタイプ。私もマリコもそれで、なんだかんだ言って昔買ったエルメスやシャネルを大事にしていて、ゴールドのアクセサリーが手放せない。たぶんシャネルの十九番をつけているのもこのタイプの人だろう。二つ目は、どんどん流行りのブランドに乗り換えていくタイプで、ちゃんとH&Mやユニクロも取り入れて全体はカジュアルに仕上げながら、最近ならゴヤールの大きなバッグなんかを持ってアピールする。三つ目は、自然素材にハマるタイプで、草木染《ぞ》めのような淡い色合いのゆったりとした綿や麻のシャツやロングスカートを重ね着して、ボリュームのあるストールを首に巻いている。安西先生はこのタイプで、ほかにも同じような感じのスタイルの人がクラスには何人かいた。詩の教室にはこのファッションがいちばん似合っているような気がする。

「どうも馬場さんの詩はかゆいね。桜の木についた毛虫にやられたのを思い出してそれを詩にしているわけだけど、おもしろいところをついているなと思いましたよ。でもおもしろいと思わせたかったのかね。この詩で伝えたいのは何だろう。馬場さん、いちばん伝えたかったことは何ですか」

聞かれた馬場さんは薄いオレンジ色のシワシワした綿麻のストールをぐるぐる首に巻き

つけていて、あ、三つ目のタイプ、と私は思う。

「いちばん伝えたかったことはですねえ、きれいな桜にもトゲがあるっていうようなことかな」

困り果てた感じの口調で馬場さんが少し笑いながら答えると、「よく考えてみた？」と藤堂さんは間髪《かんはつ》を入れずに問い直す。部屋がしんと静まり返った。

馬場さんが黙っていると、「詩を書く前に、書こうとしていることについてよく考えることが大事です」と藤堂さんはみんなの顔を見回しながら言った。

「うすべに色、という言葉を使った人が五人。桜の花のように潔《いさぎよ》く散りたいという意味のことを書いた人が四人いました。どこかで聞いたようなセリフです。人が潔く散るとはどういうことか。よく考えるとわからない。負けるということか。あるいは死ぬということか。もう少し考えると違う言葉が出てくる。それが自分の言葉です。自分の言葉が出てくるまでじっくり考えてみましょう。詩を書くということは、お茶を濁《にご》すというようなことの対極にある行為です。なんとなく、で済まさない。ごまかさないでください」

「あーあ、なんか今日は厳しかったですねえ、藤堂孝雄。私も桜の詩を書いてたからやり玉にあがるんじゃないかってヒヤヒヤした」

何がおもしろくて私たちと一緒にいたがるのか、今日もお茶会の二次会にもちゃんとついてきた山田ミスズは、ストローでアイスコーヒーをずずーっとすすった。そのすすり方でさえ、やっぱり若いなとうらやましくなる。私もマリコも今日はアイスコーヒーにした。窓の外は晴れた五月の空に薄闇《うすやみ》が迫っていて、少し菫色《すみれいろ》になりかけている。店内はゆるく冷房がきいていて、アイスコーヒーを飲むと肌寒くなった。

「じつはあたくしも桜の詩を書いたんですのよ。しかも潔く散りたいってね」と安西先生がちょっとうれしそうに告白したので、「エエーッ、私もです。四月らしいものって自分のまわりに何も見つからなくて、やっぱり桜」と私も名乗りを上げる。すると「やだ、私もよ」とマリコが言ったので四人は顔を見合わせて大笑いした。

「発想が貧困なんですよねえ。だからコピーも売れないんだな」とミスズは舌を出した。

「でも、何もAKBの「桜の木になろう」を持ってこなくてもねえ。秋元康と比べるか」

マリコはきっとゴールドのイヤリングもつけてきたかったにちがいないけれど、耳元には何もつけていなかった。

「ほんと、クラスが始まる前に娘の聴いてる歌の歌詞をけなしてたのが恥ずかしいわ」

私がため息をついたら「歌詞をけなしてた？」とホットコーヒーを飲んでいた安西先生が不思議そうに聞く。

「ええ。なんだかすごいんですよ。最近の若い人の歌はみんな直球ストレート」と私は答え、「安西先生は「世界に一つだけの花」ってご存じです？」と質問した。

「存じてますよ。ナンバーワンにならなくてもいい、もともと特別なオンリーワン、でしょ。ああいうことＳＭＡＰに歌われちゃうと教師の立場がありません」

安西先生は市松人形みたいなおかっぱ頭を揺らして笑う。

「あの歌が流行ってたころ、藤堂さんがあの詩をクラスで取り上げたことがありましてね、あたくしたちも活発に意見を言い合ってずいぶんと盛り上がりましたのよ。大詩人の詩よりＳＭＡＰの方が悪口も言いやすかったのね。藤堂さんはね、花屋に並んだって段階で、すでに選ばれてるって言ってたわね。比喩としていかがなものかって。種にとってどんな花に咲けるかという可能性は決定済みの未来だろうって」

「なるほどねえ。だけど先生、人間に生まれた私たちは成長したって人間にしかなれないじゃないですか」

マリコが考えながら聞き、私もそうよねえと同意する。

「それでね、藤堂さんは金子みすゞっていう若い女の詩人が書いた「私と小鳥と鈴と」っていう詩を紹介してくれたの。自分は飛べないけど小鳥は地面《じべた》を速く走れない、自分は鈴の音を出せないけれど鈴は自分のようにたくさんの唄を知らない、みんなちがって、みんないいっていう内容の詩」

安西先生の説明に、それ知ってるとミスズがつぶやいた。

「この二つの詩は個性を尊重するという点では一致しているけれど、少し中身が違うのね。

「世界に一つだけの花」の方は、花を比喩にして人間同士を比べるなと言っているわけだけれど、「私と小鳥と鈴と」では、人間と小鳥と鈴、つまり種類の違う存在を比較してそれぞれを肯定《こうてい》しているの」

「ずいぶんとまた広げちゃいましたね、比較対象の範囲を」

ミスズの反応は早くて、私は話に取り残されまいと頭をフル回転させなければならなかった。安西先生はニコニコして「あたくしたちも金子みすゞの詩については大いに批評したんですよ。なんてったって鈴はモノですからね。それにけっきょく違いを比べて安心っていうことじゃないかって。でもね、彼女が生きていたのは二十世紀の初めごろで、女はまだまだ古い価値観の中で生きる弱い存在で、自分を小鳥や鈴と比べたくなる状況だったんじゃないかってことを、藤堂さんはおっしゃったわね」となつかしそうに言った。

上から何人と決められ、そこまで達する点数を取れなかったクルミに、みんなちがってみんないいなんて、とても言えないと私は思った。アイスコーヒーの氷が溶《と》けて、カップの中身は濃い茶色と透明の二層に分かれている。

「でもいまはオンリーワンなんてコンセプトじゃ何にも売れないんですよ」とミスズが言い出し、私はまだ話が続くのかと軽い疲れを感じ始めた。

「子供のうちはね、なんていうか、きみが主人公的な扱いでモノを売っていくんだけれど、けっきょくはみんなおじさんおばさんになるわけでしょう。なってからの方が圧倒的に時間が長いし、いまや目指すのはオンリーワンじゃなくって、いかに年取らないかってことなんですよ。もう何がホメ言葉って『若い！』にかなう言葉はないんじゃないかな。『金持ち』とか『美人』とかより『若い！』ですよ、いまは」

ますます元気なミスズの顔を見ながら、生ぬるいアイスコーヒーを飲み、歌詞も詩なのかしら、と私はふと思った。

「四月ってテーマで詩を書けって言われて桜のことを書いたら先生に怒られちゃった。十五人のクラスで十篇が桜の詩だったんだって」

エビとアボカドの冷製パスタの入った皿は楕円形《だえんけい》で、クルミのが薄いピンク、私のがベージュ。ガラスのボウルにいれたグリーンサラダには私の嫌いなデトロイトがまじっている。木製の柄のついたフォークでパスタを食べるクルミは何も言わない。すっと背筋を伸ばし少しだけうつむいて、じっと自分の手元だけを見ている。クルミが何を思っているのか知りたくて、私はおしゃべりを続ける。

「厳しい言葉にみんなしんとしちゃったよ。おばさんばっかりなのに、気分は小学生だったな。それからAKB48の「桜の木になろう」っていう歌の詞を読解したの。みんなこの歌を知らないだろうから、文字だけで読めるよねって。いや、じつはマリコの息子たちがAKBかけまくってるからマリコは歌も知ってたらしい。きみが卒業していくのを僕は見守っていて、僕は校庭の桜の木になっていつもここにいるよっていうようなことなんだけど、桜の木になろうっていう発想がまずこわいって話になったのよ。そういうのって保護者とか送り出す学校の先生の発想だよねえってみんなの意見が一致して、そしたら藤堂孝雄が詩の中の『僕』は父親かもしれない、男の教師かもしれないなって言って、えーっ、歌ってるのがAKBなのに」

「どうでもいいじゃん」

顔を上げずにクルミがつぶやいて、私はしゃべるのをやめた。フォークをお皿のふちにもたせかけて、じっとうつむいているクルミの白いティーシャツの袖《そで》から突《つ》き出た細い二の腕を見つめながら、「そうだよね。じつはママもどうでもいいじゃんって思ってたの」と私は答えた。ほんとにどうでもいいじゃないかと思っていたのだ。桜の花がうすべに色だろうが潔く散ろうが、毛虫を降らせようが、僕が桜の木になろうが、そんなことどうだっていいじゃないかって思ってた。

クルミのティーシャツのちょうど胸の真ん中へんに茶色い小さなシミがある。ワサビ醬《じよう》油《ゆ》のソースを飛ばしたのだろう。その小さなシミがわけもなく愛《いと》おしかった。そのシミを伝って小さな胸の奥にしまった彼女なりの結論がにじみ出してはこないかと、私はそのシミをじっと見ていた。

クルミはお皿に残ったパスタを食べてしまうと、サラダには手をつけず「ごちそうさま」と小さな声で言って立ち上がる。

「あのさ、部屋にあるCD聴いていい？」

リビングから出ようとしているクルミの背中に向かっていままで飲み込んできた言葉を思いきって口にしてみる。昔なら「絶対ヤダ」といじわるそうな顔をして断ったに決まっているのに、クルミは振り向かず、ほんの少し首を縦《たて》に動かした。

5

梅雨《つゆ》に入った。

天気の悪い日が続いた。降れば土砂《どしゃぶ》降りになる。

わたしはアマゾンでキャリーケースを買い、一週間会社に仔猫を連れて出勤した。キャリーケースには雨よけのビニールカバーがついていて、それが予想外に役に立った。編集部の部屋にまではみ出してきている詩集の山の上にキャリーケースを置く。

新作と引き換えに引き受けたと話したら、編集長もトム君も笑っておまえも大変だなぁと仔猫に話しかける。仔猫はオスで、まるで努力しているかのように、あまり鳴かずよく眠りちゃんと皿からミルクを飲み、意外に手がかからない。名前はなかなか決められない。トム君が勝手に「おまえを拾ってきたのは藤堂孝雄だから、おまえはタカさんだ」と呼び始めたので、やめてやめて、タカさんはダメとわたしは何度も言った。

インターネットであれこれ調べた結果、生後四週間ぐらいだと見当をつけ、離乳食の準備をする。週末、自分の部屋で濃いめの粉ミルクと猫用のまぐろの缶詰をまぜてペースト状にした離乳食を食べさせてみた。呼びかけるのに名前が必要でついタカさんと言いそうになって苦笑する。全身を震わせながらモリモリと離乳食を食べる仔猫をじっと観察しつつ名前を考える。詩人にもらったのだから詩人に関係ある名前にしようとだけは決めていたが、知識が少ないせいで何も思いつかない。

離乳食を食べきると猫は伸びをして、テーブルのほかには何も置いていない殺風景なリビングをよちよち歩き出した。果実社に入る前に、わたしはリビングを埋め尽くしていた細々としたものをすべて捨てた。残ったのはベージュのカーテンと木製のテーブル一つだけ。

壁にもたれて床に座ったまま会社から持ち帰った詩人名鑑をぱらぱらめくり、この間に仕事で出会った詩人たちの顔を思い浮かべた。彼らは一様に静かで控《ひか》えめでピュアな感じで、それでもどことなく不気味だったが、藤堂さんのようにスレた感じの詩人はいなかった。スレてるというのとは少し違うかな、とわたしは思う。人にさらされたことのある有名人特有の仮面を彼もかぶっているのだ。人が見たいと思う自分の姿を意識の上で結び、それに寄り添って自分を演出する。一種の虚像を演じるための仮面。もちろん仮面をつけ続けるとその虚像も実像の一部になるのだが。有名人の中には分裂する自分を支えきれずに崩壊《ほうかい》してしまう人もいた。藤堂さんはいくつも仮面を持っていて、わたしの前でまだ一度も仮面をはずしたことがない。それはよく考えるととても恐ろしいことだった。

仔猫はよちよち歩いてくると床に座っているわたしのひざによじ登り、指の腹のやわらかい部分に口をあててチュウチュウと吸い始める。同時に前脚でひざを踏む。乳を飲むしぐさらしい。どこかのサイトにそう書いてあったのを思い出す。母猫は仔猫が見えなくなって探しただろうか。まさかゴミ袋に入れて捨てられているとは思いもしなかっただろう。人間というのはむごいことのできる生きものだ。そう思い、そんなあたりまえのことをリアルに感じさせられることが嫌でたまらなくなる。グルグルと喉《のど》を鳴らし指の腹に吸いついた仔猫の小さな口の力を感じながら、一ひねりすれば死んでしまうであろうその弱さにふと胸をつかれ気をひきしめる。もう過去のことは思い出すまいと、唇をかむ。

携帯電話が鳴って我に返り、仔猫を抱いたままテーブルの上の電話をとった。編集長からだった。

「新聞見たか」

「新聞？　いいえまだです」

「藤堂に書かれたぞ。おまえ何やってたんだ」

思わぬ言葉が飛び出し、わたしははじかれたようにドアの新聞受けから新聞を引き抜いた。新聞を開く。中面にシャンプーの全面広告。そこに藤堂孝雄の名前があった。

「どういうことですかこれ」

ドアをあけた藤堂さんの前にわたしはつかんでいた新聞を突き出した。藤堂さんは半袖のパジャマのままでニヤニヤしている。やけにうれしそうでカッと血が上った。

「笑いごとじゃありません。上がらせてもらいますよ」

わたしは靴《くつ》を脱ぎ、藤堂さんを押しのけて中に入り、ソファに座った。藤堂さんは長い髪に手をつっこみポリポリ頭をかきながら、「猫、元気か」と聞いた。

「猫？　猫は元気です。ちゃんとわたしがミルクをやっておしっこもウンチもさせて育ててます」

そう答えながら、藤堂さんがきちんとパジャマに着替えて寝る人なんだと知ってわたしはなんだか意外だなと思った。パジャマを着た六十四の詩人には孤独がべっとりと張りついていて妙に悲しく気勢がそがれる。「歯も生えた」とわたしがつけ足すと、「名前をつけたかね」と藤堂さんは聞く。

「いいえ、まだ、あの今日つけようと」

「ワンピースなんか着るんだ」

「はい？」

「ワンピース。いつもパンツスーツだから珍しくて」

「今日はオフですから」

わたしはそう答えながら小花柄のワンピースなんか着てくるんじゃなかったと思った。わたしは怒ってるのに。ワンピースなんかで、言葉から言葉へジャンプするきっかけを与えているのがくやしい。

「それより、なんで新作がここに載ってるんですか？　どこの仕事も引き受けてないって言ったじゃないですか」

わたしは気持ちを切り替え、勢い込んでまくし立てた。声が大きく響いて自分でびっくりする。藤堂さんはあわてずさわがず「新作？　それは詩じゃない。ボディコピーだ」と答えた。ボディコピー？　わたしは思わずその言葉を繰り返し、藤堂さんの顔を見た。

「それは詩じゃない」

藤堂さんも同じ言葉を繰り返した。

「こんなひどい詩は書かない。金に目がくらんで広告の仕事を引き受けたんだ。素人相手に適当なことを言ってあこぎな詐欺を働くよりはましだろう?」

たぶんわたしの目は真ん丸になっているに違いない。そしてそれを見て藤堂さんは笑うのだ。

「H化粧品の広報室の人は、きみのことをよく知ってたよ。なんだね、きみはずいぶんやり手の編集者だったらしいじゃないか」

藤堂さんは機嫌《きげん》よくそう言いながら姿を消した。コーヒーの香りが漂ってくる。もしかしてコーヒーをいれてくれているのだろうか。わたしはちょっとあわてて立ち上がり、藤堂さん、わたしがやりますと言いながらキッチンに入った。キッチンは狭かったが何もかもがきちんと揃ってピカピカに磨《みが》かれていて、わたしはなぜか圧倒された。誰がここを磨き上げたのだろう。たしか奥さんは亡くなっていたはずだ。

「大丈夫。コーヒーメーカーが全部やってくれる。僕はこのカップしか使ってない」

藤堂さんはわたしのとまどいを見透《みす》かしたようにそう言うと手元の大きなグリーンのマグカップを持ち上げ、きみはこれを使うといい、と食器棚からピンクのマグカップを取り出した。わたしは二つのカップを受け取るとコーヒーができるのをそこで待ち、カップに注いでリビングに戻った。

「どうぞ」とわたしがカップを差し出すと、藤堂さんはいやらしい笑い方をして「ボディコピーも詩も読者にとっちゃ同じです、とか言うなよ」と言いながらコーヒーを一口すった。部屋はエアコンがきいていて涼しく乾いて、ひじのあたりがスースーした。目の前に座っている藤堂さんは堂々としていてまるでテレビカメラで撮影でもされているかのように完璧《かんぺき》な詩人の顔をしていた。わたしの想像上の詩人と同じ顔だ。いかにも真実に精通していそうなおだやかで深くて底のない黒い瞳。勝てっこない。藤堂さんと会っていて何度も思わされたことを、また思う。くやしくて勝ちたくて声を出す。
「涙とともに
夜を明かしたことのないものは
朝の光の中でまどろむ
乙女の髪の冷たさを知るはずもない
その艶やかなうねりの中の
深いかなしみが
彼女をいっそう美しく輝かせることさえも」
わたしがテーブルの上に置かれた新聞の文字を読むと、藤堂さんは「おしゃれだろ」と満足そうに言った。
わたしには詩に思えた。どう見たってそれはシャンプーの説明じゃない。それに藤堂さんとつき合い出してからわたしは毎日詩を読んできた。何十冊もある現代詩人のアンソロジー本を片っ端から読んできたのだ。わかるものもあればわからないものもあって、中にはわからないを通り越して読むことができないものもあったが、わたしはだいぶ詩というものに慣れてきていると自分では思っていた。この職場を選んだことが大きな間違いであったことも、一篇詩を読むたびに思い知らされていた。どの詩人もきまじめに生と死に向き合っている。わたしが背を向けたこと二つ。

とにかくその経験から言えば、その新聞広告の七行の言葉たちは詩だった。それが詩でないなら、そこにある言葉たちと詩の違いがわたしにはわからなかった。わからないということを白状するのはくやしかったが、それは本質的な問題だとは思わない。わたしは文学的な話題に、たいして興味がなかった。それが詩かどうかということより、詩、あるいは詩みたいなものを藤堂さんがわたしにではなくH化粧品に渡したことが問題だったのだ。

「素人相手に詐欺を働くよりはいいと思ったから引き受けたんだ。それに繰り返しになるがこれは詩じゃない。書いた本人が言ってるんだから間違いない。藤堂孝雄の次の新しい詩は間違いなくきみの手に渡る。いつになるかはわからないけれど」と藤堂さんはとってつけたように言った。

　わたしは藤堂さんの顔をじっと見た。藤堂さんはやっぱり仮面をつけたままで、ほんとのところどう思っているかはよくわからなかった。わたしのくやしさをわかってくれているのか知りたくて、藤堂さんの顔から目をそらせなくなってしまった。わたしがじっと見つめても藤堂さんは全然恥ずかしがらない。そりゃそうだ。素顔じゃないんだもの。

「わたしがあの詩の教室のこと詐欺呼ばわりしたから引き受けたって言うんですか?」

「そうだよ。素直だろう」

「じゃあ詐欺だって認めたんだ」

「違う。ほかの方法でも、世間をだまくらかすくらいのことはできるってところを見せてやったんだ」

「世間をだまくらかす?」

「おいおい、とぼけるな。きみ、女性誌の編集やってたんだろ。ファッションみたいなイメージだけで中身のないことをメインにしていたんじゃないか。だまくらかすのはお手のものだろ」

わたしは思わず黙ってしまった。思わぬところで思わぬ逆襲にあってわたしはひるむ。つまり、少し前までわたしと藤堂さんは最も遠い世界に分かれて住んでいたことになる。わたしがイメージの世界なら藤堂さんは真実の世界。藤堂さんが近寄りがたい存在に思えた。ちょっと気弱になったこちらの姿勢を見透かして「で、なんで辞めたの」と藤堂さんはいつもみたいにズカズカ人の心の中に踏み込んできた。

「なんでって、一身上の都合ですよ」とわたしはしぶしぶ答えた。

「一身上の都合か。きみ、結婚したことあるの?」

「藤堂さんはあるんですか?」

「ありますよ。一度ね」

「わたしは、まだ、ないです」

「四十まで独身で、集名社で女性誌っていうならまだしも、『月刊現代詩』の編集っていうのは、ちょっと女として問題あるんじゃないのかね。どうするの、この先。給料安いでしょ」

藤堂さんが言葉とはうらはらにおもしろがっているのがわかって、わたしはまたのせられてしまったと心の中で舌打ちした。なんでまじめに返事してしまうのだろう、わたし。なぜかいつも藤堂さんのペースにはまって、誘導尋問《じんもん》にひっかかる。たしかに果実社の給料は安くて、ずっとこのまま暮らしていける自信はなかった。いずれもっとマシな給料のもらえる仕事を見つけなければいけないのはわかっていたし、本気で現代詩が好きな編集長やトム君といると、門外漢《もんがいかん》であると思い知らされて引け目を感じた。だからこそ、藤堂さんに詩を書いてもらうことがいまのわたしを支えていると言ってもよかった。唯一、たしかに意味のある仕事だったから。

「だからあ、わたしのことはどうでもいいんです。これが詩じゃないっていうなら、そういうことにしておきましょう」

「きみ、今日暇なの？　これから出かけないか。何でも好きなもの買ってやるよ。おいしいもの食べてさ。ギャラはけっこうなもんだ、詩じゃなくて広告だからね。きみのおかげでできたような仕事だし、お礼はしますよ。とにかく、着替えてくる」と藤堂さんは言い、奥の部屋に消えた。

低いエアコンの音だけが残る。リビングは十畳《じゅうじょう》ぐらいの広さで、応接セットが窓に寄せて置いてあり、キッチン側の壁にくっつけて木のテーブルと椅子が二脚。どちらもむき出しで、クッションや座布団《ざぶとん》はない。カーテンもベージュの無地で、何の飾りもない室内は、もしあちこちに積まれた本の山がなければ驚くほどわたしの部屋に似ていた。いったいどこで藤堂さんは詩を書くのだろうとつい考える。

わたしはテーブルの上の詩集をとった。黒田《くろだ》三郎《さぶろう》。わたしにもわかるやさしい詩を書く詩人だ。もちろんわたしは藤堂さんの詩も読んでいた。何度も繰り返し。

「藤堂さん、わたしわからないんですけど、どうして新聞のこれは詩じゃないんですか？っていうかそもそも詩って何なんですか？」

わたしは奥の部屋に向かって聞いてみた。

「『月刊現代詩』の編集者が思いついたにしちゃあ上等の質問だね。なかなか恥ずかしくてそんなことは聞けないもんだ」

戻ってきた藤堂さんは特別うれしそうな顔をしてそう言った。麻の茶色いパンツに白の開襟《かいきん》シャツを着て髪を一つに束ねた藤堂さんは、パジャマを着ていたときよりぐっといつもの姿に近づいて、なんというかやっぱりスレた有名詩人だったのだとわたしは少し安心する。嫌味《いやみ》もうれしくてついにやけた顔になってしまったのを藤堂さんは見逃さない。

「腰かけにしちゃあシブい選択だよな、現代詩とは」と皮肉る。

「教えてくれないならいいです。誰か別の人に教えてもらうから」とわたしがすねると、

「まあそう言わないで。ちょっと自分で考えてみたらどうだい、なかなかおもしろい問題

だからね」と藤堂さんはやさしい口調になった。

「まずどうしてきみはこれを詩だと思ったのかね」

「それは、編集長に言われて、藤堂さんが新聞に新しい詩を書いてるって。そう言われてから新聞を見たら詩にしか見えなかった。文頭は揃ってるけど、各行の長さがまちまちで、余韻《よいん》のある言葉でイメージが広がる感じが詩っぽいなって」

わたしが考え考えそう言うと、藤堂さんは急にプイと横を向き、「もういい」と言って立ち上がった。さっきまでのうれしそうな顔は消えてわたしに背を向けている。何か気にさわることを言ったのかもしれない。稚拙《ちせつ》な回答がわたしをバカに見せている。見せているだけじゃなくて、わたしはバカだ。

「お気を悪くされたのならあやまります。でもわたしはあまり詩には詳しくなくて」とわたしが言うと、「それは知っている」と藤堂さんは背を向けたまま言った。

「詳しいか詳しくないかはあまり重要なことではないんだよ」

振り返った藤堂さんは完璧に大物有名詩人の顔になっていて、とりつくしまのない感じだった。それにそう言われてしまったら、わたしにはもう語る言葉がない。わたしは立ち上がって「帰ります」と言った。

「雨が降ってきた」という藤堂さんの声はまたやさしくなっていた。わたしは藤堂さんの声や態度に敏感になっている自分に気づく。これじゃああの人とつき合っていたときと変わらない。相手の不機嫌をいちばん恐れているのに、ウソをつくことも演技をすることもあの人の前ではできなかった。無能な自分がさらけ出されそれを自覚する。あの人を思い出させた藤堂さんに腹が立った。

「猫をほうってきたから帰ります」

わたしはもう一度帰りますと言ったことを後悔しながら、靴を履《は》き玄関のドアを開けた。後ろから藤堂さんがついてきて、「何か買ってやると言っただろ。一緒に買い物しよう。言うことをききなさい」と言いながら靴を履き、わたしと一緒に外に出るとドアに鍵をかけた。差し出された傘は花柄だった。その花につまずき、何か意味を見つけようと必死になっている自分が見えて冷や汗をかく。

涼しく乾いた部屋から出るとべっとりとした湿気となまあたたかい空気が押し寄せてきた。雨に濡《ぬ》れた木々のにおい。もう一度井の頭公園の中を通り、駅前に出る。「何がほしい」と歩きながら藤堂さんが聞くので傘を少し傾けその横顔を盗み見る。誰も気づかない、とわたしは思った。大詩人なのに誰も気づく人はいない、こんなにたくさん人がいるのに。それが重大な手違いのように感じる。それを藤堂さんがまるで感じていないとは思えず、わたしはなぜかあせり出す。

「何でもいいいぞ」とまた藤堂さんが言い、わたしは「ほしいものなんてありません」とそっけなく答えた。

「そう怒るなよ。機嫌直しなさい。第一にあれは詩じゃない。第二に絶対に約束は守る」と言い、藤堂さんは「信じないならしかたないな」とつぶやくとさびしそうな顔をした。それも仮面だと確信すると、「わたしのいちばんほしいのは、藤堂さんの詩です」とウソをつく。傘をさしているから顔をのぞかれることもない。ほんとうはほしいものがあった。お金で買えないけれど、心の底からほしいもの。

「こんなときにおべんちゃらを言わなくてよろしい。じゃあおいしいケーキの店でお茶しよう。それから猫の名前を考えよう」と藤堂さんは言った。子供扱いだ。わたしはもう藤堂さんとは無関係に泣きそうだった。しかたなく「はい」と返事をして傘をくるくるまわした。

雨はあたたかく涙のように他人の傘を濡らした。

6

「智恵子は東京に空が無いといふ」

その一行で始まる詩を先月藤堂孝雄が詩の教室で取り上げたとき、その続きを覚えていたことに私は自分でも驚いた。中学一年か二年のころ読んだ小説に登場する少女が、この「あどけない話」という詩を好んでいたのに影響されて、私は高村光太郎の『智恵子抄』

と出合った。ごくふつうの文学少女として。文学少女なんて言葉、いまもあるのだろうかと、私はベランダに干した家族三人分の洗濯物をあわてて取り込みながらふと思う。久しぶりに訪れた梅雨の晴れ間に浮かれて外干ししてはみたものの、お昼になってまた雨が降り出したのだ。智恵子さん、六月の東京の空はわけもなく重い灰色です。

「智恵子は東京に空が無いといふ、
ほんとの空が見たいといふ。
私は驚いて空を見る。」

続きをつぶやきながら、リビングの窓際に室内用物干しを広げ生乾きの洗濯物をていねいに干し直す。先月のクラスのテーマは「空」で、私は困り果てた末にインターネットで空がなぜ青いかを調べ、ほとんど丸写しして提出したのだが、これは詩じゃなくてレポートだな、と藤堂さんに一蹴《いっしゅう》された。それなら詩って何なんですか、と聞くほど私は積極的な生徒ではなかった。それでも一度だけクラスの終わった後のお茶会で、藤堂さんに「歌詞って詩なんですか?」と質問したことがある。藤堂さんはじっと私の目を見て、「詩として読めるものもあるね」とどうとでもとれる答えを返してくれた。

今月のテーマは「雨」。雨の詩といえば井上陽水の「傘がない」とユーミンの「雨のステイション」、それに三善英史の「雨」だと思った後で、「世界がわかわかしい緑になつて　青い雨がまた降つて来ます」という一節が浮かんだ。元文学少女は高村光太郎の「人類の泉」を覚えていたみたい。

私は本を読むのが好きだった。中学、高校と文学作品を読み漁《あさ》り、大学は文学部に進んで国文学を専攻した。それと並行して音楽も好きで、バンドを組みキーボードを担当して作詞作曲にも精を出した。文化祭や学園祭ではけっこう活躍したものだ。智恵子は私にそんななつかしい青春時代の記憶を呼び覚ましてくれた。

室内用物干しの前に除湿機を置いてスイッチを入れるとモーターが低くうなり始める。ハンギングバスケットから下に伸びたアイビーとシュガーパインの葉が細かく揺れる。

十代の私は、いつも何かに腹を立てていて、感情の起伏が激しく、親を憎み、友だちを批判しまくり、ひねくれて孤独だった。きっと親にとっては扱いにくい娘だったろう。それに引き換え、あの事件が起こるまでのクルミにはまるで反抗期というものがなかった。

ソファに沈み込んで、干してある形だけ大人になったクルミの下着を眺《なが》めながら、「ウチも反抗期ないのよ」とマリコが言っていたのを思い出した。どうも近頃の子供たちは親に気を遣うらしい。親との関係が気まずくなるのを努力して回避しようとするという。それがほんとうならクルミがかわいそうで、そのことはあのやさしい歌詞の歌たちと無関係ではないと思われた。

ソファの上でひざを立てて両腕で抱え、浩介に聞きたいなと私は口に出して言ってみた。あなたはどんな男の子だったの？　あなたは親に反抗した？　でもここに浩介はいない。

浩介が戻ってくるのは深夜だ。新しいプロジェクトのリーダーになったせいで毎晩残業なのだ。若い社員が使いこなせないと悩んでいるみたいだけれど、私にはどう励ませばいいのかがわからない。どんな言葉で彼を励ませばいいのかがわからない。二人の間に行き交う言葉は本来の意味をほとんど失っている。たとえば朝なら、おはよう、いってらっしゃい。夜は、おかえりなさい、ご飯は？　お風呂入ります？　それは二人の行動の向きを決める一瞬にただ発せられる接続詞にすぎない。思いもこもらず熱を持つこともないまま、返事を待たずにこの家の中のよどんだ空気の中へ消える。

別れがたくて、会社に向かおうとする浩介の後を追いかけて、けっきょく駅までついていってしまったあのころの「いってらっしゃい」には、どれほど多くの意味がつまっていたのだろうかと私は目を閉じる。人をこがれる気持ちは思いもよらぬ容易さでよみがえってきて、私は「いってらっしゃい」と繰り返したことを悔《く》いた。何度も口にすることであの言葉は意味を失ったような気がしたから。「おかえりなさい」だって同じだ。

でも「愛してる」はそれとは違うんじゃないか。

窓の外は本降りで空は重苦しく、明かりをつけていない室内には夕暮れのような影が漂っている。その影に囲まれて私は自分も影になってしまったように感じる。影のような私がもう愛してると口にしないのは、彼を愛していないからではなく、その言葉にもう愛を感じられないからだ。あまりにも多くの人が多くの場所でその言葉を口にしたせいで、ドラマやＣＭや歌の中で誰もが大っぴらにたやすく愛してると言えてしまうようになったせいで、その言葉はからっぽになってしまった。愛の影になってしまった。

心に差し込んでくる暗い影が私という言葉から私の意味を奪っていくような気がして、私は抱えたひざに顔をうずめる。言葉たちが意味を失《な》くしたから、不幸ではないとしても、私はしあわせではないと気づく。


詩の教室へレインブーツを履いていったら、またマリコとかぶってしまった。お互いの足元を見てやだあと笑ってしまう。流行りに弱いのは三十年前もいまも変わらない。

「雨の詩書けた？」とマリコに聞かれて、「書けない。書き方がよくわからないんだもの」と私は答える。みんなの畳《たた》んだ傘から雨のにおいが立ち上り、こもった湿気で毛先が思い思いのカーブを描き始めている。

「何か思ったことを書けばいいのよ。そしてそれについて考えたことを書いて、最後に何を発見したかでフィニッシュ」

「発見？」

「そうよ。ねえ安西先生、詩には発見がなくちゃダメなんですよね」

マリコは私たちの後ろに座っていた安西先生を振り返る。

「あら、あたくしが言ったんじゃなくてよ。藤堂さんがそう言うの」

安西先生はいつもおっとりと構えている。歌うような声を聞きながら、へえ、そうなんですかと私があたりさわりのない返事をしていると、藤堂さんがいつの間にか教室の入口に立っていて、「そうだね、詩には発見が必要だよな」と言いながらホワイトボードの前に立った。

「ところで発見とは何だろう」

藤堂さんが質問を投げかけると私はいつもうつむいてしまう。答えを求められたりしないように、小さく目立たないようにするのだ。できの悪い女生徒みたいに。

「なんだ、元気がないね。みんな沈黙かい？　それじゃあ発見という言葉の入った文章を作ってごらんなさい。そうだな、ここは古株の洋子さん、頼みますよ」

藤堂さんに名指しされた安西先生はちょっと首をかしげて考えていたが、「生まれた赤ん坊と対面したとき、わたしは自分の中に母を発見した」と歌うように口にする。なるほど、と私は感心してしまう。その顔に気づいたのか「清水さん、感心してないであなたも作ってみなさい」と藤堂さんは笑う。まひろがんばれ、とマリコが小声で励ましてくれて、私はしかたなく宙を見つめ発見発見と小さくつぶやく。そしておそるおそる「愛してると口にしようとしたら、その言葉がからっぽなのを発見した」と答える。

藤堂さんはなぜかうれしそうな顔で私を見て、「もうちょっと説明してみようか、清水さん」と私の席に近づいてきた。「えっ」とつぶやいてちょっとあせる。目の前に藤堂さんが来ると知らない男のにおいがした。みんなが息をつめて私の答えを待っているのがわかる。静かな雨の気配が私の頭の中にぎっしりつまった言葉たちにしのび寄って、そのかたまりを湿らせると、言葉のかたまりから言葉が一枚また一枚とはがれては思い出の中に沈んでいく。その途中で、思い出の中によみがえる言葉たちのちらりちらりといまを向く視線を感じて、私は押し出されるように口を開いた。

「あの、たぶん私は愛してるなんて言葉を口にしたことはないか、あっても一度くらいで、それはその言葉が私にとってはあまりにも重い意味を持っていたからだと思ってました。でも、娘の持っているＣＤを何枚も聴いているうちに、あまりにもたくさん、たくさんっていうかじゃんじゃんばらまくみたいに愛してるっていう言葉が出てきて、聴き続けているとどんどん私の中の愛してるの意味が薄くなっていく気がしたんです。それが私の発見だった」

言ってしまうと違うような居心地の悪さが残って、私はおずおずと藤堂さんの顔を見上げる。藤堂さんの目はやさしく私を見下ろしていて、「そうか。それを発見したとき、あなたはどう思いましたか」と聞く。「悲しかった」と私は答える。

「人がじゃんじゃん同じ言葉をあちこちで使うと、その言葉の意味がどんどんすり減っていくというういい例だね。愛してるってあんまりよく聞かされたら誰だって軽い意味にしかとらなくなるよね。言葉の意味っていうのはいろんな理由で変わっていく。そういう意味の変化で、何か気づいたことのある人、ほかにいませんか」

藤堂さんはホワイトボードの前に戻りながら質問し、教室の空気が少しざわついた。私はほっとしてからだの力を抜く。マリコが手を挙げて、ミルク色のシフォンの七分袖《しちぶそで》のブラウスの袖がふわりと揺れた。みんなの視線が集まる。

「あのお、最近思うんですけど、『なんとかなる』っていう言葉の意味がすごく変わったなって。私たちバブルのころ、よく『なんとかなる』って言ってたんです。買い物しすぎちゃったけどカードの支払い大丈夫かな、ま、なんとかなるわ、とか、タクシーつかまんない、電車はもうないし、どうしよう、ま、なんとかなるわ、とか、貯金してないけど老後は大丈夫かな、ま、なんとかなるでしょ、とか。で、そのなんとかなる、は、ほんとになんとかなるっていう意味だったんです。でも、最近違いますよね。なんとかなるっていうのは、ほんとはなんともならなくて、とりあえずいまは解決策がないけどそれを認めたくないっていう意志を表してる言葉になってるんじゃないかな。つまりね、なんともならないって言えなくてなんとかなるって言う、正反対の意味を含まされちゃってる感じ。わかります？」

マリコの発言を聞いてみんなが口ぐちにわかると言った。藤堂さんはいつになくさらにうれしそうな顔で、「なかなかいいぞ。時代が言葉の意味を変えた例だな。ほかにはないかな」とシャツの袖をまくり上げ、テーブルに両手をついてみんなの顔を見回した。すると山田ミスズがはいはいと手を挙げ「ありますあります。やたら意味が増えたっていうか、広ーい意味にふくれていく言葉がある」と勢いよく言った。

「何だね」藤堂さんの目が光る。

「『かわいい』と『いい感じ』」ミスズが答えるとおおーっと声が上がりみんなが拍手《はくしゅ》した。

なるほど、と私も思う。

「だってほんとマジで若いコって『どう思う?』って聞くと、関東のコは『かわいい』、関西のコは『いい感じ』、その二言だけで返してきますからね。私だって若いころは使いましたけどね、いまのコはなんでもかんでも『かわいい』じゃないですか。こいつらバカかと思ってたんですよ。でもほんとうはビミョーにバカとは違うんですよね。かわいいとかいい感じの意味は、好感度っていう日本人にとってとっても大切なバロメーターで測ったとき、そのもの、あるいは人、あるいはことが、合格点に達していますよっていう了解が瞬時に得られたっていう証《あかし》になるんじゃないかな。わかります? つまりその言葉を口にするとき、彼女たちは相手に自分は敵じゃないって知らせようとしてるのと同じなんだってこと。うーん、うまく言えてないかな」

ミスズが首をかしげ、藤堂さんは「わかるわかる。なあ、みんなもわかるよね」と教室の後ろの方まで歩きながら生徒たちの顔を見た。

「言葉の意味が言葉からはみ出して、価値観の表出になってるんだね。これは何のせいだろう」

「たぶん人間関係の複雑化が要因なんじゃないですか？　若い人っていろんなツールで重層的な複数の人間関係を同時にこなさなくちゃならなくて、たとえばクラスのライン、部活のライン、仲のいいコのライン、カレシのライン、親とのライン、そういういくつもの自分を使い分けてて、そこではできるだけ衝突を避けたいっていうか、決定的なことはなるべく言いたくないっていうか、やさしい関係でありたいっていうか、とにかく角をたてないようにふるまわないと浮いちゃって生きていけないわけですよ。返事は絶対返さなくちゃならなくて、その返事は相手を傷つけてはいけなくて、そういう状況で生き抜いていくには『かわいい』と『いい感じ』が必要なんですよ」

「そうねえ。わたくしから見たらどうしたってかわいくないものでも、かわいいって言いますね、若い方は。たとえば一時流行ったシメジのキャラクターとか、ふなっしーとか、妖怪ウオッチとか、あれみんなかわいいですもんね。理解できないとあきらめてたけど、好感度的な了解の合図だと思うと納得できますよ」

ミスズの説明に安西先生はおっとりとした口調で割って入ってきた。

「僕が詩についての感想を求めたら、みなさんだってしょっちゅうかわいいとかいい感じとか言うじゃありませんか」

藤堂さんがニヤリと笑うと部屋中がざわめいた。

「だって便利なんですよ、かわいいといい感じで答えると場もなごむし、子供とも打ち解けるし」

佐藤さんという四十代の女性がそう言うと、「ほんとに打ち解けてるのかな」と藤堂さんは返してきた。

「いえ、その場さえしのげればいいんです。なにも若いコと価値観を共有しようなんて大それたことを考えてるわけじゃなくて」

佐藤さんが笑いながら藤堂さんの投げかけを軽く受け流して、みんなが口ぐちにそうそうとうなずく。

「男の子の場合はねえ、『スゲー』と『ヤベー』です」とマリコが断言すると笑いが起こった。

「『マジかよお』ってのも入りません?」

熊木《くまき》さんという四十代の女性が続けて、私はクルミの丸い目をなつかしく思い出した。女の子のくせにときどきクルミも言っていた。マジかよおって。その驚いた黒い目がはっきりと見えた途端苦しくなった。湿り気を帯びて縮《ちぢ》れ始めた髪に手をやると、指がもつれて私はまぶたを閉じる。女たちのにぎやかなやり取りが遠のいて、聞こえるはずのない雨の音が聞こえ始める。誰もほんとうのことを言わない世界にクルミも浩介も私も生きていて、それに気づいてしまったらもう何も言えなくなってしまって、でもほんとうのことを言うってどういうことなんだろう。ほんとうのことなんて言葉にできるんだろうか、と私は思い、かわいいやいい感じやスゲーやヤベーからとてつもなく離れたところに存在する詩にならほんとうのことが書いてあるのかもしれないと思い至って、目を開け藤堂さんの顔を見た。智恵子はほんとの空が見たいって言ったんだ。

「どうした、思いつめた顔だぞ、清水さん」

藤堂さんはゆっくり私の席に近づいてくる。教室の中がまた少し静かになって私は身構えた。無意識のうちに胸元のシャツのボタンをさわっているのに気づいて、手を机の下に戻し、あごを引く。

「何を考えていたのか言ってごらん」と藤堂さんはやさしい。

「あの、みんながほんとうのことを説明しないで、かわいいとかいい感じとかスゲーとかヤベーとかマジかよおでなんとか関係を保って、そうやってなるべく摩擦《まさつ》のないように生きていこうとするなら、詩ってそれとは正反対のところにあるんだなって思って。詩って書いた人が考え抜いたほんとうのことが書いてあるから。意味を失っていない言葉使ってるし」

ふんふんと藤堂さんはうなずき、「ほんとうのことね。おもしろいところにたどり着いたね。みんなも次回までにいま清水さんが言ったことについて考えてみてください。それから、かわいい、いい感じ、スゲー、ヤベー、マジかよお、を使った詩を書いてみること。

詩における言葉の機能の問題だ。がんばれ」と片手で拳《こぶし》をつくって突き上げた。

7

七月になった。

午後十時以降にラインの着信音が鳴ると、それはたいてい藤堂さんからで、出てこいという命令だった。行ってみると藤堂さんは吉祥寺のキャバクラで若いおねえちゃんにはさまれて、うれしそうに酒を飲み酔っぱらっている。行けば勘定《かんじょう》を払わされるハメになり、わたしはスマホなんか持たすんじゃなかったと本気で後悔した。

勘定を済ませて店の外に出ると、陽が沈んでから何時間も経つというのに熱の冷めないアスファルトの上におねえちゃんたちと藤堂さんは座り込んでスマホで写真を撮り合い、おねえちゃんたちは即座にフェイスブックに投稿する。昭和っぽくピースサインをした藤堂さんはわたしには見せたことのない楽しそうな笑顔で、なんとなく腹立たしい。

シャンプーのボディコピーのギャラで何でも好きなものを買ってやると言われたわたしは、逆に藤堂さんにスマホを買わせ、メールのアドレス設定からインターネットのやり方、そしてラインとフェイスブックのアカウントを作るところまで手伝った。パソコンは使えるがSNSをバカにしまくっていた藤堂さんは、まるでさびしがりの子供みたいにあっさりと主義を曲げてスマホ中毒に陥った。

　無料スタンプのダウンロードの仕方を教えると、せっせと集めて使ってくる。仕事中に送られてくるスタンプはどこかわかりにくくて、その感性のずれは、藤堂さんがふつうの人じゃなくて詩人だからなんだとわたしは毎度改めて思い、わたしのふつうの感性でスタンプを返したらきっと誤読されるんだろうなと思いながらもやっぱりスタンプを返してしまう。するともっとわかりにくいスタンプが返ってきて、わたしはいつのまにかそのやり取りが楽しくなってしまっているのに気づいて一人赤くなるのだ。

「それにしてもヒマなんですねえ。詩でも書いたらどうですか？」と書き込むと、「ムリムリ」というセリフを吐いたパンダのスタンプが返ってきて、そのムリムリのパンダだけははっきりと意味がわかるのでよけいにくらしい。原稿を頼んでから三か月が経っている。

　果実社でのわたしの仕事は主に校正と対談や座談会のテープ起こしで、直接詩人とつき合うことはほとんどなかった。例外は藤堂さんだけで、藤堂さんとラインのやり取りをしているのは、どうしても作品を書いてもらいたいという意地があるからだが、それを仕事と呼べるのかどうかわたしにも判断がつきかねるくらい、その関係は一方的なものだった。要するにわたしは言いなりなのだ。

　ケンジの顔が見たいと言われると、わたしは帰宅後すぐに猫の写真を撮ってラインのトークに送る。藤堂さんから押しつけられた猫は宮澤賢治の名前をもらってすくすく育ち、スカスカした殺風景なわたしの部屋でも生き生きと走り回り、あまりにも活力にあふれていてあったかでわたしをいつもとまどわせる。

そうなのだ。わたしの生活はもうなんだかしっちゃかめっちゃかになってしまっていた。ただ静かに目を伏せて暮らそうと思っていたのに。

「僕もブログ始めようかなあ」

藤堂さんは右手に煙草を持ち、お気に入りのふーこちゃんが作った水割りをくいっとうまそうに飲みながら言う。ちょっと太めで目のぱっちりしたふーこちゃんは藤堂さんのことを「教科書詩人」だとほかの女の子たちに得意げに紹介していて、藤堂さんにぴったりくっついてスパンコールのキャミソールからのぞくむっちりした腕を藤堂さんの腕にからめニコニコしている。決して美人とは言えないふーこちゃんがこの店ではいちばんかわいくて、ビジュアルのレベルが低いせいか客は少なく、暇な女の子たちは教科書詩人のまわりに座って勝手に酒を飲んでいる。わたしもやけっぱちで水割りを飲む。お酒は強くないけれど、一人しらふでいたらバカバカしくなるから。

「ヤツがやってんだよ」

「水島龍平ですかあ。もういいかげんにしてくださいよ、そのライバル心。全然ライバルじゃないから。いいですか、藤堂さんは二〇〇一年を最後に以後、詩書いてないんスよ。向こうはもうバリバリのだんとつトップを走り続けている売れっ子詩人。詩人って言えば水島龍平ですもん」

わたしがはっきり言うと、藤堂さんはちょっと弱気になって、「おまえ、読んだことあるのか」なんて聞いてくる。

「ありますよ。果実社に入って以来、仕事のために片っ端から会社にある詩集読んでますからね」

「好きか。あいつの詩、いいと思うか」といままで何回も聞いたことをまた聞く。

「わたしにはわかりません。藤堂さんの詩だってよくわからない」

わたしがそう答えるとふーこちゃんも「先生の詩ってむずかしそう」と口をはさむ。ふーこちゃんは藤堂さんのことを「先生」と呼んでも叱《しか》られない。

「どこがわからない」

藤堂さんはグラスを持ったまま不思議そうな顔をする。

「あのですねえ、たとえばですねえ、「朝の祈り」のね、〈謝罪は権力を生む〉ってとことかね、「彼女は金魚」の〈夢喰いちぎる唇に残るやさしさを憎んで〉とか、あれって金魚の口のことなんですか？　金魚の口にやさしさなんてねえ。それから『失うということ』の「あなたがはいというから」もわかりませんしね。〈死んだ獣の肉をもう食べないでしょう〉っていうのは、ベジタリアンになれって詩なんですかね。とにかくだいたいにおいてわかりませんよ。頭悪いんです、わたしは」

だらだらとわたしが酔いにまかせて話し続けると、藤堂さんは意外なことにちゃんと聞いていて、「説明してほしいだろう」と例のにやけた顔をする。

「いいですよ。自分で考えます。何回も読んで」と言い返すも、「「放射線」ってのはまるっきりわかりません。〈げんわくの固定されたまなじりの歴史書ひるがえって〉、なんでしたっけ、あ、〈裸のうぶ毛にやどる露〉。なんなんだあ！」と叫《さけ》んでしまう。

藤堂さんは「桜子、飲みすぎだぞ。先に金払ってこい」と上機嫌で命令する。はいはいとわたしはまるで手下《てした》か何かみたいに素直に命令に従い、会計を済ませると藤堂さんを引っ張って家まで送っていく。途中の井の頭公園は夜になると人気もなく暗くて静かで、わたしは酔っぱらっているとはいえ、一応は男なのだからと藤堂さんを頼って微妙な感じでくっついて歩く。雨が降っていれば傘をさして、足音は雨に消える。部屋まで送り届けると藤堂さんは必ず泊まって行けよと言うのだが、有名詩人とはいえけっこうウザいオヤジには違いないので、明日は詩、書いてくださいよ、と言い残してタクシーを呼んで一人で家に戻る。

戻るとケンジが出迎えてくれて、抱き寄せるとすっぽり腕の中におさまって冷たく濡れた鼻を手のひらにこすりつけてくる。藤堂さん、ちゃんとパジャマに着替えたかな。ベッドに入るのを確かめてから帰ればよかったとわたしは反省したりもして、自分をお人好《ひとよ》しだと思って苦笑する。

「藤堂孝雄のブログが炎上してますよ」

外から戻ってきたトム君に言われて、わたしは校正ゲラから目を離した。

「炎上?」

「なんか『アナと雪の女王』をクソミソに言ってるらしい」

そんな。何もディズニーを敵に回さなくても、と思いながらネットに接続し、藤堂さんのブログを開ける。コメント数二百五十八? やばい。

「遅ればせながら『アナと雪の女王』を観てきた。

つまらなかった。

歌もたいしたことなかった。

なぜ大ヒットしているのか皆目《かいもく》わからない。

感動したという人の見識を疑う。

毒にも薬にもならないストーリーを安全パイと踏んで子供に見せるくらいしか能のない親が情けない。」

口が開いてしまう。言わなくてもいいことをまたエラそうに。ため息をついてから画面をスクロールしてコメントを急いで読む。「アナと雪の女王」はディズニー映画の最新作で、「千《せん》と千尋《ちひろ》の神隠し」「タイタニック」に続き歴代興行収入順位第三位を記録していて、二位の「タイタニック」を抜くのは時間の問題だろうと言われている大ヒット作。松たか子が歌う劇中歌の「レット・イット・ゴー〜ありのままで〜」も百万ダウンロードを記録しており、カラオケでこの歌を熱唱するのが社会現象になっていた。

コメントは「あんた誰？」で始まり、「あの良さがわからないでよく詩人やってられるな。心くもってる」で終わっていた。二十件に一つくらいは同意のコメントがあったが、火に油を注ぐ形になっている。たしかになんのひねりもないストーリーだったけれど、「アナと雪の女王」の衣装デザインはむちゃくちゃかわいかった。藤堂さんにはそんなこと興味ないだろうけれど。

しかたなくラインで「ブログ炎上してますね」と送ると、「だな！」と文字の入った小《お》栗旬《ぐりしゅん》のスタンプが返ってきた。「敵つくってますよ。ディズニーがらみの仕事は一生きませんね」と書き込んだら「アクセス数、百倍になってるぞ。いいねえ」という答えに「かかってこいよ！」というセリフのついた猫のスタンプが送られてきた。例のうれしそうな自信に満ちあふれた顔が目に浮かんで、なぜか私もおかしくて笑ってしまった。

一日おいて、藤堂さんのブログはまた炎上した。

「老老介護が問題になっているらしいが、若者に介護させるよりはいいと思う。それ以前に国に金を使わせるばかりの老人はもっと遠慮して長生きするのをあきらめるべきではないか。お国のために早死にする人がいてもいいと思う。わたしの妻はすでに亡くなっており、わたしも早晩死ぬつもりだ。介護される身になりそうになったら自決する。介護には真の喜びはない。それを人に押しつけてまで自分が生き延びる必要性が見いだせないからだ。長生きの何が偉いんだ。老化は病気ではない。老人よ、ヒマつぶしに病院へ行くな。大量の薬をもらうな。国のお荷物になるな。くたばれ長寿！」

さすがにこれはマズいと思いつつ、またしてもわたしは笑いをおさえきれない。「おまえこそ死ね」で始まったコメントは「ご愁傷《しゅうしょう》様」で終わっていた。ハンドルネームでですさえ藤堂さんに賛同する人はいなかった。思っても言えないことってある。言ってはいけないことなのか、ただ言えないだけなのか、それはわからないけれど、言えないことの中には誰にだってわかっている現実があって、たいていそれはどうしようもないことなのだ。だから言ってもしかたがない。

わざと連絡を取らないでいたら、藤堂さんの方から「読んだか」とラインが来た。YESとスタンプを返す。またしても「かかってこいよ！」の猫のスタンプが即送られてくる。誰に向かって言ってるんだよと笑いながら、「なんでやねん」とセリフのついたパンダのスタンプを送り返して校正の仕事に戻る。

梅雨が明けた後は厳しい暑さが続いている。六時になってクーラーのきいた会社を一歩出ると、高温の重い空気がもわっとからだを包み、靴の底を通して一日太陽光にさらされたアスファルトの熱気が伝わってくる。駅まで歩いていく間にシャワーを浴びたように汗をかき、電車に乗り込むとまた冷やされてシャツが乾いていく。こんなふうに温められたり冷やされたりを繰り返してからだにいいはずがないと思い、べつに長生きするつもりもないのだからいいかと苦笑する。帰宅する人で混み合う下りの電車には駅ごとに汗にまみれた人たちが乗り込んできて、ひじが触れるとぺたりとつめたく思わず身をかたくする。つめたい肌は死んだ人を思い出させる。

うつむいてドアにもたれているとスマホが震《ふる》えた。藤堂さんからのラインだ。「ふーこたちと晩メシ食うから来いよ」とある。そしてお寿司のスタンプ。「えっ、寿司？」とわたしが聞くと「回転」と答えが返ってきた。くすっと笑い「行きます」と返事する。ほんとにこれじゃあ家族だ、と本格的に笑いがこみ上げてきて、冷たい肌の感触を忘れた。

金曜の新宿駅はいつも通り大混雑していて、丸ノ内線から中央線に乗り換えるまでの間に、数えきれないほどの人とすれちがう。藤堂さん以外にわたしを待っている人などいないのだとはっきりと感じる。すれちがう人はみんな行き先を持っていて急いでいるように見えて、それだけで生きていることを証明してみせるから、わたしも黙ってその仲間入りをさせてもらう。東京はさびしい人にやさしい。

吉祥寺の駅前は新宿駅とは違って流れがよどみつつゆるやかで、少しからだの力を抜いたわたしは、西友の近くの回転寿司屋に直行する。店に入ると、麻の開襟シャツを着た藤堂さんと、下着みたいな白いキャミソールを着たふーこちゃんと同じようにキャミソール姿のマイちゃん、マイちゃんもふーこちゃんと同じキャバクラのおねえちゃんだ、それとおむすびみたいな顔をしたおばあさんが一緒に座ってなんだか盛り上がっているのがすぐにわかった。

近づいて「こんばんは」と挨拶するとふーこちゃんが「お疲れー」とビールのジョッキを片手で持ち上げて笑った。マイちゃんも藤堂さんもジョッキで生ビールを飲んでいる。わたしはおむすび顔のおばあさんに「果実社の今泉です」と名乗ると、藤堂さんが「この人はね、僕の詩の教室のいちばんの古株でね、安西洋子さん」と教えてくれる。安西さんはおかっぱの髪を揺らして「まあまあ、先生の担当さんですか。よろしくお願いいたします」と言った。歌うような話し方にひき込まれて、つい顔をじっと見てしまう。

「洋子さんはね、高校の国語の先生をしてらしてね、だから教室のみんなには安西先生って呼ばれてるんだけどね、今日の僕のブログを読んで、矢も楯《たて》もたまらず飛んで来たってわけ」

藤堂さんは回転ベルトからホタテの皿を取りながら説明する。ふーこちゃんとマイちゃんは、卵焼きとかツナサラダの軍艦巻きとかプリンとかチョコケーキとか、ワケのわからないチョイスでどんどんテーブルを埋めていく。安西先生が「あれ読んで、ほんと、いますぐにでも死にたくなりましたの」と笑いながら言ったので、わたしはあわてて「そんな。死ぬ必要なんてありません。たかが詩人のたわごとじゃないですか」ととりなす。

「たわごと？　あれは本音。洋子さんみたいにまともな神経の持ち主ならちゃんとわかってくれるんだよ」

　藤堂さんは安西先生が死にたくなったのがうれしいらしい。

「叩かれますよ」とわたしが冷やかに口ごたえすると、「こわくないもんね」と藤堂さんはさらに自慢げになる。

「先生、何か言ったんですか？」とふーこちゃんが聞くと、「ブログでジジイやババアは早くくたばれって言ってやったんだよ」と藤堂さんは答え、「ひどいでしょ」とわたしはつけ足す。

「老人はね、みんな心のどこかで思ってますよ。若い人のお荷物になりたくないってね。面倒《めんどう》みてもらう権利はあるんでしょうよ。でもね、あたくしたちの若いころ、老人は少なくともいまより十年は早めに死んでましたからね。とにかく日本人は長く生きすぎます。人間って恐ろしいもので、具合が悪くなるとつい反射的に病院に行っちゃうんですよ。でね、具合がよくなるとホッとするの」安西先生は困った顔をする。

「だってそれが生きるっていうことだもの」わたしは言い返す。

「いいえ、生きるっていうのはね」

「洋子さん、桜子にはわかりませんよ。言ってもムダだ。まだ若いんだから、自分がある日を境に生きてるとは言えないと感じ始めるなんてことは知りようがない」

藤堂さんの言葉は薄いガラス板みたいにかたくて見通しがいいのに違和感があった。わたしは藤堂さんの顔を見て続きを待ったけれど、藤堂さんはふっつりと口をつぐむと、まずそうにホタテの握りを食べている。安西先生が小さくため息をつき、「そうですね。知らなくていいことだってあるわ」と言うと、ふーこちゃんが「なんでしんみりしてるんですか？　回転寿司ですよ。じゃんじゃん食べなきゃ。ね、先生」と藤堂さんの腕にしがみついた。反対側からマイちゃんが「ね、先生」と腕に手を回している。二人のくったくのなさにあきれ半分で「今日は同伴出勤ですか？」とつい聞いてしまい、藤堂さんがニヤニヤするのを見るとやっとホッとした。「ブログもいいですけど、詩、書いてくださいよ」とわたしは言いながら、自分もニヤニヤしているのがシャクだった。

回転寿司屋に三時間いて、そのまま安西先生も一緒にキャバクラに行って、ぐでんぐでんになるまで飲んだ。珍しく藤堂さんがみんな支払いをしてくれて、わたしはなんとなく仲間外《はず》れにされたみたいな気分になったのが自分でも不思議だった。安西先生と二人で藤堂さんの家についていって、そのままソファで寝てしまい、目覚めたときそこがどこだかすぐにはわからなかった。

安西先生はとっくに帰ってしまっていた。だってわたしが起きたのは昼だったからだ。さすがに藤堂さんも起きていて、わたしがおはようの挨拶もせずぼーっと座っているのを見ると、「言ってもムダなことは言わないという主義か」といきなり質問してきた。

「時と場合によります」

「なるほどね」

「まさかわたしが藤堂さんに詩を書いてくださいって言ってるのはムダなことじゃないでしょうね」

「どうだかな」

　藤堂さんは半袖のティーシャツにスウェットパンツをはいていて、両手にマグカップを持ち一つをわたしに渡してくれた。ティーシャツの胸には「SO　WHAT?」と書いてある。歯も磨かずにコーヒーを飲むのには抵抗があったけれども、一口飲んだら頭痛が若干おさまるような気がした。

「おまえ、いままでいくらくらい僕の代わりに払ってる?」

「さあ、五、六十万ってとこですかね」

「よく金持ってるな」

「貯金してますから」

「ふうん、貯金かあ」

「貯金がなきゃ仕事なんて辞められませんよ」

「いまの会社、楽しいか」

「楽しいっていうか、藤堂さんとつき合う以外はテープ起こしと校正だけだし」

「じゃあ僕がメインなのか」

「それはどうかな。藤堂さんの仕事次第で。ってゆうか、藤堂さんは詩を書いてくれないんだから、これで担当って言えるのかどうかもわからない」

「僕が詩を書かなかったらどうなる？」

「書かないつもりなんですか」

藤堂さんはそれには答えず、「僕の詩を読んで、死にたくなったなんて言って飛んで来た人は一人もいない」とつぶやいた。ブログを読んで安西先生が飛んで来たことが気に入らないのか。

「でもそれは藤堂さんみたいな大詩人が書いたブログだからじゃないですか」

わたしはもう一口苦いコーヒーを飲み、藤堂さんが何を言いたいのか必死で考える。

「僕が自分の名前に寄りかかっていると言いたいのかね」

藤堂さんがいじわるな声を出したのでわたしはおじけづいた。黙っていると空気の重たさに耐えきれなくなり、ふとケンジのことを思い出して、猫にエサやらなきゃと言い訳して逃げるように藤堂さんの家を出た。

藤堂さんのブログのアクセス数は数万になっていて、次に何を書くかをみんなが待ち構えている。ダイレクトな反応が生々しくて、つい笑ってしまいながらも、言葉ってこわい、とわたしは本気で思っていた。あのヒステリックなコメントの数々が詩人の心に何を残したのか。それが無力感でないことを願っている自分を、藤堂さんだけには知られたくない。

帰宅するとケンジが飛んできて、さんざんヒモで遊んでやったら、パタッと寝てしまった。藤堂さんのブログを開くとまた新しい投稿があった。

「自衛の措置としての武力行使の新三要件
① 我が家庭に対する武力攻撃が発生したこと、又は我が家庭と密接な関係にある他家庭に対する武力攻撃が発生し、これにより我が家庭の存立が脅《おびや》かされ、家族の生命、自由及び幸福追求の権利が根底から覆《くつがえ》される明白な危険があること
② これを排除し、我が家庭の存立を全《まっと》うし、家族を守るために他に適当な手段がないこと
③ 必要最小限度の実力行使にとどまるべきこと

国を家庭に、国民を家族に置き換えてみた。

戦うしかないよな。金で済めばいいけど。

しかし、詩人の石原吉郎《いしはらよしろう》は言った。

『怒りを〈組織〉してはならぬ』

この言葉いま一度考えてみるに値する。」

8

浩介が出かけるころになっても、クルミが部屋から出てこないので、ドアをノックしてからそっと開ける。「どうしたの？　休むの」と声をかけながらベッドに近づくと、クルミが赤い顔をして口を開け苦しそうな息をして横たわっているのが目に入りあわてた。汗で張りついた髪を指で横に流し、おでこに手を当てるとかなり熱い。いったん部屋を出て、押し入れにしまってあった水枕、救急箱から体温計、冷えピタ、それに風邪薬と水を持って戻り、てきぱきと体温計を脇にはさませ枕を替えおでこに冷えピタを貼《は》った。

「大丈夫？」と声をかけるとうっすら目を開け「頭が割れそう」とクルミは答えた。久しぶりに聞く声がずいぶん弱々しいのが胸にこたえる。体温計を引っ張り出すと三十八度五分の熱。頭を片手で持ち上げ上半身を起こし、風邪薬を飲ませる。ビタミンCの粉末を溶かしたオレンジとレモンのジュースも飲ませた。

「病院行ける？」と聞くと「ムリ」と小さく答える。

「わかった。じゃあちょっと様子見よう。なんかしてほしいことある？」

一度だけ首を横に振るクルミのしぐさが、私に向けられたものなのだと実感するのは笑いたくなるほどうれしくて、それはとてもほめられたことではないとわかっていても顔がほころんでしまう。夏の肌掛け布団の上から胸のあたりをゆっくりなで、よけいなことを言わないうちにそっと部屋を出る。私のからだの中にはやる気がみなぎっている。病気のクルミの看病をしなくちゃならないのだもの。母親の出番だ。ただそれだけなのに、心が軽くなった。

ダイニングテーブルを片づけ、コーヒーをいれ、マグカップを持ってソファに座る。もうすぐ洗濯が終わるだろう。新聞を斜《なな》め読みし、コーヒーを飲み干すとリビングと寝室とキッチンに掃除機をかけ、それが終わると洗濯物を干した。気温は高いがまだ湿気が抜けておらず、外気はべっとりと遠慮なく肌に張りついてくる。

掃除と洗濯を終えると、歩いて駅前のスーパーへ買い物に行った。プリンとかゼリーとかババロアとかヨーグルトとか、冷たくてつるんとしたものをたくさん選んでカゴに入れる。クルミが好きなものだ。牛乳とココアパウダーも入れる。おかゆに入れるハチミツ入りの梅干しも買う。それにスッポンのスープと三つ葉。スッポンのスープでつくるおかゆは、我が家の病人食の定番だった。そしてうどんと卵を追加してレジで精算する。猫の写真がプリントされたナイロンの大きなエコバッグがずいぶん汚れているのに気づき、少し恥ずかしくなった。

帰宅して冷蔵庫に買ってきたものをしまうと、クルミの部屋をのぞいた。そっとベッドに近寄るとうっすらと目を開けて私の顔を見る。たよりない視線がうれしい。体温計を脇にはさんでやる。ピッと音がするまでの間、意味もなく肌掛け布団の乱れを直し、話しかけようと言葉を探すけれど探しきれずに沈黙が残る。沈黙にはもう慣れたけれど、ベッドの中のクルミがいつもより小さく幼く見えて、何かあたたかい言葉をかけたいという気持ちが募る。体温計がピッと鳴り、そっと引き抜く。三十七度五分に下がっている。ちょっと下がった、と言っておでこの冷えピタを貼り替え、クルミが目を閉じたのを確かめ部屋を出る。手の内に娘が戻ってきたような気がして浮かれているのがわかる。

スッポンのスープでおかゆを炊《た》いて、卵を入れ梅干しを添え、底にクッションのついた朝食用のお盆《ぼん》に載せて持っていく。これ食べると元気になるわよ、と言っていったん勉強机の上にお盆を置く。私は今日一言もウソをついていないとふと思う。布団を少し持ち上げクルミの背中の下に手を入れ上半身を起こすと枕を背にあて、座らせる。半袖のティーシャツから伸びた腕に触れてもクルミが身をこわばらせないのでホッとして、かさのないひざの上にお盆をそっと載せる。

「一口でもいいから食べなさい。効くのよ、スッポンスープのおかゆはね、万能薬」

クルミはじっとおかゆの入ったボウルを見ていたが、小さくため息をつくとスプーンを手にして一口だけおかゆを食べた。そして突然私の顔を見ると、「昨日、花田さんを見かけた。サマンサタバサのバッグを持って、シンシアローリーのワンピ着て、髪きれいに巻いて、きっちり女子大生してた」と言った。

「ブログやってるかもしれないから、まずググッて、それからフェイスブックですね。あとツイッターとラインとインスタグラム。みんなアカウント取って検索するんですよ」

「それで何がわかるの？」

「彼女の基本情報ですよ。どんな生活してるか、とか、どのあたりに出没してるか、とか、好みとか。もしかしたら偽名を使ってるかもしれませんね、彼女みたいに被害妄想入ってるタイプって。たとえばクルミちゃんの名前とか」

山田ミスズは真剣な顔で教えてくれる。私が「そんな探偵みたいなこと」とつぶやくと、マリコが「何言ってるのよ。なんでクルミちゃんが浪人で、その花田ってコが花の女子大生なのよ。おっかしいでしょ」とテーブルを叩いた。クーラーのききすぎたカフェは満員で、マリコが叩いたテーブルの音なんて誰も聞いてやしない。

「先生どう思います？」と私は安西先生の顔をうかがう。

「そうねえ。まひろさんはどうしたいの？　まだその方にお会いになりたい？」

そう聞かれるとすぐには答えられない。

「会って言ってやんなさいよ。あんたのおかげでどんだけ迷惑したと思ってんのって」

マリコのけんまくに圧されて、「でもさあ、また自殺未遂起こされても困るし」と私は口ごもった。「『死んでやる』なんて反撃されたらたまらないもんね。やりそうだし、そのコ」とミスズは眉《まゆ》をひそめる。アイスコーヒーの氷はすっかり溶けて、プラスチックのカップは水滴だらけで持つと手がびしょびしょになる。ナプキンでカップの外側をぬぐい、ストローで氷の溶けたアイスコーヒーを飲みながら、もし花田さんに会ったら私はいったい何て言うんだろうと考えていた。わからない。でも。

「私が知りたいのはほんとうのことなのよ」

ぽつりとそう言ったらミスズが「ですよねえ」と大きくうなずいてくれた。隣のテーブルでひときわ大きな笑い声が起こる。高校生の集団だ。制服を着てみんなプリントを前にして、何か相談しているらしい。

「いまふと思ったんですけどね、『ほんとう』っていう言葉もだんだん意味を失っているのかもしれないって。そもそもほんとうのものがあるっていう感覚は、目の前に見えるものがほんとうじゃないっていう前提に基づいて発生するわけでしょ。わたくしたちどうしてそう思うようになってしまったの？　不思議じゃありませんか」

安西先生に言われて私は隣のテーブルから視線を戻す。安西先生はモスグリーンのだぶっとしたパンツの上に白のゆったりとした麻のチュニックを着ていて、いつだってあわてず騒がず藤堂さんとはちがう先生オーラを発している。

「そう言われればそうですよね。いま、芸能人がバラエティ番組で裏話とかギャラの話とかを思いきって言うみたいなのがあるけど、あれも誰もほんとうのことって思ってませんもんね。ほら、ほんとうのことは心の目で見ろなんてよく言われた」

マリコが答えると、「ほんとうのことは心の目で見なさいっていう言い回し自体が、ずいぶんすり減ってしまった気がします。いい言葉だったのに」と安西先生はしみじみと言い、私の顔を見る。思わず頼りたくなるのは、先生の落ち着きぶりときりっとした太い眉のせいかもしれないと私は思う。

「日本人って本音とたてまえを使い分けるのがあたりまえだったからじゃないですか。見かけはほんとうじゃないって思っちゃうのは」

ミスズが分析すると、「それってなんだか切ない話よねえ」とマリコは首を振った。

「ほんとうのことって人それぞれ違うのよね。長年子供たちと接してきて、子供の数だけほんとうがあるっていつもひしひしと感じてきた。クルミさんのほんとうと花田さんのほんとうと、どちらも自分にとってはほんとうなのよ。まひろさんの知りたいのは花田さんのほんとうなのね」

安西先生の言うことはもっともだし正しいと思うけれど、私が知りたいのはそうじゃないって思った。

「私が知りたいのは、彼女にとってのほんとうじゃなくって、もっと客観的な事実なんじゃないかと思う。そしてそれがクルミの無実を証明してくれることを望んでる」

そこまで言って、だからもしかしたらそれはほんとうのことって言えないのかもしれないと私は心の中でつぶやく。花田さんのほんとうが間違ってることを確かめたいだけなのかもしれない。間違ってるほんとうって、つまりウソのことだ。ウソっていう言葉はずっと変わらず中身がつまってる。だからクルミはウソをついていないと信じることはたやすいようで重くて、ぐいぐい私を苦しめるのだ。

リビングの食卓に浩介のパソコンを持ち出し、山田ミスズに言われたとおりインターネットであれこれ検索する。花田萌《もえ》でも清水クルミでもそれらしいものにはヒットしない。ミスズが偽名と言っていたのを思い直して、花水クルミとか清田萌とか思いつく名前も試してみたが出てこない。「クルミ」「モエ」と検索ワードを並べエンターキーを押す。すると「もえのクルミ日記」というブログが見つかった。開いてみると、花田萌らしき人物の写真が目に入り、背筋が寒くなる。いちばん新しい記事は銀座にかき氷を友だちと食べに行ったことで、かき氷を前に口をすぼめておどけている女の子は花田萌に違いなかった。卒業アルバムで見た女の子と同じ人物とは思えないほど、なんというか入念に化粧して作り込んだ顔で、クルミとの落差があまりにも大きくて受け止めきれない。どうしてそんな顔でおどけていられるの？　私は叫び出しそうになるのをこらえた。クルミより先に泣いてはいけないと心に決めていなければ、泣いてしまったかもしれない。

でも泣いている場合じゃなかった。私は怒りをこらえて日記をさかのぼる。記事の数はたいして多くなかった。始まりは六月で、彼女が意図的に高校までの自分を封印しようとしているのがわかった。素顔の写真は皆無で、どの写真をとってみても芸能人並みにスキのないメイクがしてある。内容はスイーツのことがほとんどで、他愛のない文章だけが続く。場所は池袋周辺が多かった。大学は見当がつく。クルミも受験した学校だろう。

もちろんクルミはこれと同じ画面を見たことがあるに違いなかった。彼女はわざとクルミに見せつけているのだとしか思えなかった。逆いじめはまだ続いているのだ。いったん知ってしまったら怒りが噴き出してきて止まらなくなった。

パソコンの電源をオフにして立ち上がる。勢いのついたまま台所で玉ネギを刻んだ。ニンジンを乱切りにした。キャベツは千切り。切るものを探してどんどん刻んだ。かたくて手ごたえのあるカボチャを四角く切ってきれいに面取りしていたら、だんだん心が静まってきた。まるまる一個を切り分ける。一つずつ面取りされたカボチャは、グリーンとくすんだオレンジの色合いがかわいくてホッとする。うすあげに熱湯をかけて油抜きし、カボチャと一緒に煮る。玉ネギをじっくり炒《いた》めて、鶏のモモ肉、輪切りにしたナス、ざく切りしたトマト、乱切りのニンジン、それにシメジを足してカレーを作る。千切りのキャベツをラップでくるみ、レンジでチンしてマヨネーズとヨーグルトとクレイジーソルトで味付けしコールスローにする。カボチャの煮物とカレーとコールスローなんてへんな組み合わせの夕食が出来上がっても誰も帰ってこない。鍋にふたをし、ボウルに盛ったコールスローを冷蔵庫にしまうと決心がついた。花田萌に会うのだ。そう、会うのよ。会って直接聞くのよ。ほんとうのことを。

決めてしまったらラクになった。ただおろおろするだけの母親から抜け出せるのがうれしかった。

ていねいにブログを眺め、花田萌が週に一、二回、英会話サークルの仲間と駅に近いお気に入りのカフェに行っているらしいと突き止める。そして翌日から私は毎日そこへ行って花田萌を待った。

そのカフェはあらゆる年代の女であふれていて、私はとくに目立たず待ち伏せすることができた。ケーキもパフェもバカ高いけれど、おいしかった。アイスティーもチェーン店のカフェと違って本格的においしくて、アールグレイの香りを嗅ぎながら私は真新しい『藤堂孝雄詩集』を開いた。クルミの部屋で私はこの藤堂さんのアンソロジー本を何十回も読んでいた。昨日、本屋で同じ詩集を買い、私はそれをお守り代わりにバッグに入れてきたのだ。ときおりスマホで花田萌のブログをチェックしながら彼女が店に入ってくるのをひたすら待ち続ける。夏休み中も彼女が大学に来ているのかはわからないまま、十一時から夜七時まで。華奢《きやしや》なスチール製の白い椅子と木のテーブルが並ぶ店内は、次々客が入れ替わり、凝《こ》ったケーキやパフェが旺盛《おうせい》な食欲を持った女たちの胃袋に吸い込まれるようにおさまっていく。みんなが笑っている中で、私だけがまじめくさった顔をして雰囲気を乱しているに違いない。

五日目の午後四時二十分、花田萌は二人の女の子と一緒に店にやって来た。顔を見てすぐにわかった。彼女たちは隣のテーブルに座り、にぎやかにしゃべりながらメニューを見ている。さんざん迷って注文すると、一瞬テーブルが静かになった。私は目立たないように花田萌を観察する。

「てか」と最初に言うのが癖らしい。「今日って暑いよね。てか猛暑じゃない？ むしろキャミワンピで正解。てかUVケアしてるのかって話だけど」そんなふうにしゃべる。

ふつうだった。ふつうの女の子で私は拍子抜けする。ほかの二人の話もちゃんと聞いて気のきいたコメントを返しているし、なにより三人は楽しそうだ。クルミだって合格していればきっと、いまは一つに束ねている髪だっておろしてカールして、アイライン入れてマスカラつけて唇をぽってりとグロスで光らせていたに違いない。やっぱりそのことばかり思ってしまう。

隣のテーブルに三つの違ったケーキが運ばれてきて、花田萌は写真を撮った。それからすぐにブログにアップした。手元のスマホにその写真が出現する。一時間も彼女たちはおしゃべりを続け、私は花田萌の笑顔をすっかり覚えてしまった。ようやく彼女たちが席を立ったので、私もあわてて席を立つ。お勘定を先に済ませ、店の外で待つ。彼女たちが支払いを終えて店の外に出てくる。私はすっと花田萌の前に立ちはだかった。

「花田萌さんですよね。都立K高校の卒業生」

私がそう言うと、花田萌の顔から笑いが消えた。

「私、清水クルミの母親です。折り入ってお話ししたいことがあるんですけれど、これからよろしいですか」

私は強気で言い切った。花田萌はじっと私の顔を見ていたが、しかたないという感じでこくりとうなずいた。二人の女の子は緊張感を感じ取ったのか、じゃあまたねと行ってしまった。

場所を変えましょうと私は歩き出した。花田萌は後ろをついてくる。駅前の東京芸術劇場の二階にある喫茶室に入る。客はほとんどいない。花田萌は黙って席に座った。ウエイトレスが来ると私はコーヒーを花田萌はアイスカフェラテを頼んだ。

「ねえ、私、あなたに聞きたいことがあるのだけれど、答えてくれるかな」

花田萌は下がフレアーになった白いキャミソール型のワンピースを着ていて、ブログの写真通りきれいにヘアメイクをほどこし、かわいいと言えなくもなかった。けれど私の言葉に対しては唇をかんだきりなんの返答もせず、バッグをひざの上に抱え背筋を伸ばしてこちらをにらんでいる。どういうつもりで「もえのクルミ」などという名前を使っているのか問いただそうとしたが、それより本題だと思い直す。

「あなたが自殺未遂をした後で、あなたのご両親があなたの日記の中からうちの娘の名前を見つけ、うちの娘があなたのことをムシしたからそれが原因なんだって言いがかりをつけてきたのは知ってるわよね」

私はなるべく平静を保とうと、胸の前で軽く手を組んでいた。

「でもね、うちの娘はあなたをムシしたことはないと言ってるの。あなた、ウソをついているんじゃない?」

「ウソなんかついてない」

花田萌は即答した。ウエイトレスがやって来てコーヒーとアイスカフェラテをテーブルに置いている間も私の顔から目をそらさない。ウエイトレスが行ってしまうのを待って、「いつ、どこで、どういうふうにクルミがあなたをムシしたっていうのよ」と私は言いつのった。目の前の女の子がクルミと同じ年で、家には私と同じように娘の心配をしている母親がいて、過去を振り切って自殺未遂から立ち直り、大学一年生としてがんばっているのだ、ということは考えたくなかった。大人げない愚かな母親でいいのだ。

花田萌はじっと私の顔を見ていたが、ふっと肩で息をすると、「清水さんは四月から八月まで十回以上、クラスの女子のラインで私のことをムシしました」とはっきりした口調で言った。

「クラスの女子のライン? みんながワーワー言ってるあれ? あれでムシするってどういうことよ」

私は冷笑する。

「私の書き込みに一度もからまなかったんです」

「クルミはラインなんてそんなに興味持ってなかったわ」

「そうですね。清水さんは誰とでも仲良しの感じで、でもいつも一人でも平気でした」

「じゃああなたにだけ返答しなかったわけじゃないでしょ」

「ほかの人のことは知らない。清水さんは私をムシしてた。それに」

「それに、何？」

「死ねばって言った」

「死ねば？　あなたに死ねばって言ったの？」

私はびっくりしてつい大きな声で聞き返してしまった。

「いいえ、私にじゃなく斉藤君に言ったんです」

花田萌は顔色一つ変えない。

「斉藤君って斉藤健《けん》ちゃんのこと？」

「はい。斉藤君がふざけて清水さんの教科書をバット代わりにして飛んできたボールを打ったら窓ガラスが割れて、教科書の表紙が破けて」

「だって、健ちゃんは小学校からずっと一緒の幼なじみだもの。それくらいのこと平気で言うわよ」

「私が斉藤君のこと好きなの知ってて、わざと聞こえるように言ったんです」

花田萌はピンクのバッグを抱えたまま、まるで証言台にでも立っているかのようにつっかえることなく説明してゆく。だけど。

「だけど、そんなことであなた死のうとしたの？　クルミがラインで返事をしないから、あなたが好きな男の子に死ねばって言ったから、それで死のうとしたっていうの？」

わからない。いったい何を考えているのかまるでわからない。私はきれいにカールされ真っ黒に塗《ぬ》り上げられた花田萌のマツゲが、まばたきするたび上下に揺れるのをぼんやり見ていた。

「そうです。だから私は死んじゃいたくなったんです。もういいですか。へんな言いがかりはよしてください」

私の最後の質問があたりの風景の中に消えてしまうより早く、花田萌はそう吐き捨てると席を立って店を出ていった。

一人残された私に「言いがかり」という言葉がべったりと張りついている。それを払いのけようと、私は急いでバッグの中から詩集を取り出し、並んでいる文字をひたすら目で追った。

朝の祈り

藤堂孝雄

ゆうべはごめんねときみが言った
きみが恋人なら　それは仲直りの始まり
きみが妻なら　新しい戦いの前触れ
きみが生徒なら　先生はほっとする
きみが息子なら　父親はただうなずき
きみが風なら　倒れた木はもう答えない
きみが太陽なら　夏は続いて
きみが雲なら　今日は晴れるだろう
きみが隣の国なら　僕らの国は身構えて
きみが大きな国なら　僕らの国は恐縮する
きみが上司なら　僕は許そうと思う
きみが部下でも　僕は許そうと思う
そして

きみが鉛筆なら　僕はきのう書いた詩を破らなくちゃならない
僕はきみが嫌いじゃないけど
あやまってほしくなんて　なかったんだ
ごめんなさいって言葉が吐き出されたとき
きみの伏せたまぶたにつっと現れたかすかなとまどいが
どこかしら不穏な力となるのを　僕は見逃せない
謝罪は権力を生む
だからあやまってほしくないんだ
朝は等しく祈りたいんだ
言葉をすべて飲み込んで
狂った世界のために　ただ祈りたいんだ
きみが権力を生まないように　僕が権力を生まないように
無言でただ　祈りたいんだ

9

八月になって、藤堂さんはブログをやめてしまった。集団的自衛権についての態度があいまいだと賛否の表明を迫られ、知らんぷりをしていたら騒ぎもいつのまにかフェイドアウトし、炎上がそれ以上に発展しないので急に興味を失ったらしい。

ブログが閉鎖されてホッとしましたと藤堂さんに言うと、ウソつけ、おもしろがってたくせにと鼻で笑われた。でもそういうときの藤堂さんは前とちがって、どこかにかすかだけれどわたしを仲間と認めているような許容のにおいを漂わせるようになっている。単純なわたしはそれだけでしあわせな気分になって、この失礼な詩人を許してしまう。

毎日の仕事は単調で、読解不可能な詩や評論の校正にも対談や座談会のテープ起こしにもいちいちつまずくことが少なくなっていた。理解には限界があると見限り、わからないことはわからないままにしておくコツをつかんだのだ。生活を乱すのは藤堂さんからの呼び出しだけで、いっこうに詩を書こうとしない態度の悪さにも慣れてしまった。

ほんとにダメな詩人さんでちゅねえ、とケンジをひざにのせてあごをなでながら話しかける。押しつけられたときに比べると三倍以上大きくなったからだを心地よさそうに伸ばし、ケンジはうっとりと目を細めてゴロゴロと喉を鳴らす。それにしてもなぜ詩を書かないのか、わたしはそろそろ聞かずにいられないところへ来たような気がしている。

比較的邪魔されることの少ない週末の午前中は、早起きして掃除洗濯を済ませ、ケンジと寝そべって、藤堂さんの家から借りてきた詩集を読んだ。休みの日は青山や代官山に出かけて洋服を探し歩いた自分が遠いカゲロウのようにチラチラとまぶたをかすめるけれど、わたしはドアに鍵をかけ窓をきっちり閉めて、クーラーをゆるめにきかせて部屋に閉じこもり、詩人と呼ばれる不可思議な人々の書いた秘密のメモのような詩作品の群れに溺《おぼ》れるのだ。目にとまったものを適当に持ってくるので、時代も系統もバラバラな詩集を無秩序に読んでいるだけだから、ページを開くと印刷された文字が紙の上から浮かび上がって、一つ一つ思い思いの方向に飛んでいってしまうこともあれば、行から次の行へ移るときに飛び出し位置を踏み誤って行間に沈み込んで浮かびあがれないこともある。それでもときどき書かれてあることが自分の声と重なって耳の奥まですするすると届くことがあって、そんなときは思わず声に出してその詩を何度も繰り返して読んでしまう。

詩人たちはしあわせについてほとんど語らない。詩集には悲しみと苦しみと疑いとおそれがあふれている。わたしはいつもそれが不思議でしかたがない。詩人ってみんな神経質。それに心配性。人間にもいいところがあるって絶対信じてないんじゃないかって思う。だって人間のことほめないもの。もしかして詩人はすごくいい人やすごくすぐれた人に出会ったことがない人種なのかもしれない。すばらしい人、ノーベル賞をもらう人とかオリンピックで金メダルをとる人とかオリコンチャート一位の人とかワールドカップでゴールを決める人とか。自分は凡人《ぼんじん》じゃないのに凡人の世界について書くなんて、うそっぱちだと思いもする。とにかく詩を読むとその内容じゃなくて、書いた詩人について想像がどんどんふくらんでいく。わたしは俗物だから。

それから藤堂さんの詩集も読む。新しいものはない。古いもの、もっと古いもの、もっともっと古いもの。最初の詩集は薄っぺらで、紙が黄ばんでページのところどころに茶色いシミが浮いている。開くときは、こわれものにさわるように細心の注意を払っていないとバラバラになってしまいそうでこわい。でも、いくつかの詩を好きになっている。

最後には必ず宮澤賢治の「雨ニモマケズ」を読む。そして感動する。

「南ニ死ニサウナ人アレバ

行ッテコハガラナクテモイ、トイヒ」

というところで必ず泣きそうになる。そのことにわたしは少し傷つきもする。

この詩は「サウイフモノニ／ワタシハナリタイ」で終わっているのだけれど、わたしはもうどういうものにもなれないいんだろうなと読むたびに思う。もうなってしまった自分を見つめるのさえこわくて、わたしは眠っているケンジの背中をなでる。つややかな毛並みの下にあたたかい生きものの手触りを感じ取る。猫は言葉を知らないから、質問もしないし言い訳もしない。いまのわたしには都合のいい相棒。添い寝してやわらかいお腹《なか》に鼻をうずめると、わたしより高い体温に包まれて、日なたのなつかしいにおいがわたしを救ってくれる。同時にそのすこやかさに深く傷つく。ほんとはわたし、何になりたかったのだろう。そういう問いは封印しているが、心の壁はこわれたままだから、詩集の言葉たちはなれなれしくわたしに語りかけてくる。生きるって何？　悲しみはどこから来る？　愛はにせもの？　死ぬまであとどのくらい？　小うるさく遠慮のないネットの広告みたいにひょこひょこ顔を出してわたしをびくつかせる。

なのにわたしは、びくびくしながらも詩集を読むのをやめられない。詩集こそわたしと藤堂さんをつなぐ唯一のたしかなきずなだから。でもまだ「雨ニモマケズ」に感動することは話していない。きっとバカにされるに決まってるもんねえ、とわたしはケンジに話しかける。猫は耳を少しだけ動かして返事もせずに眠り続ける。窓の外で太陽が真南から東京の虫ケラみたいな人間たちをジリジリと焼いている。


ホールに着くまでに泳いだみたいに汗をかいた。楽屋の控室に入ったらあまりにも冷房がきいていて寒気がする。藤堂さんは先に着いていて、ひとりで缶ビールを飲んでいた。それ、どこで手に入れたんですかと聞いたら、途中に酒屋があっただろと答える。今日は果実社が主催する詩の朗読会があって、詩人が十人このホールに集まっているのだが、始まる前にビールを飲んでいるのは藤堂さんだけだ。

わたしはトム君と一緒に出演するほかの詩人たちに挨拶をしていった。詩集を読んで好きになった須藤フミさんもいらしていて、へえ、この人があんなエロくて激しい恋愛詩を書いているのかあとついチラチラ観察してしまう。須藤さんはチェックのシャツにボーイフレンドデニムというカジュアルな服装で、靴も飾り気のない白いスニーカー。小柄でたしか三十五歳だったけど年より若く見える。化粧気はなくて、髪は肩までのワンレングス。片方だけを耳にかけて美人だった。大御所《おおごしょ》の水島龍平と親しそうにおしゃべりしている。ほんものの水島龍平に会うのははじめてで、彼を一目見てジョルジオ・アルマーニに似てる、と思った。白いティーシャツにはき込まれたゆとりのあるストレートデニム。ムダなものを何一つ背負っていないようなすきっとした体格と顔つきがかえって存在感を際立たせている。もう八十を超えているはずなのに、男の色気を漂わせていてかっこいい。いままで読んだ詩も、ムダのない美しいフォルムと破綻《はたん》のないロジックが、アルマーニの作る服に似ていると思っていたからひどく納得する。

わたしは水島龍平を一度見るたびに藤堂さんを一度見て、自分が見られていないかどうかをいちいち確かめているのに気づいて恥じ入った。二人は離れたところにいて、わたしは相当キョロキョロしていたことになる。水島さんと話したかったけれど、けっきょく藤堂さんの視線を気にしてあきらめた。

藤堂さんのところへ戻ると、「オレに遠慮してM氏としゃべらなかったのか」と缶ビールを持ったまま大きな声で聞かれて、わたしはあせる。あせった顔を見て藤堂さんはニヤニヤしている。こっちも際立った存在感なのかもしれない。水島さんがアルマーニなら藤堂さんはジョン・ガリアーノだと思ってひとりでウケた。

藤堂さんの出番は最後から二番目だった。白のマオカラーの半袖シャツにココア色の麻のパンツというスタイルでさっそうと登場した藤堂さんは、「朝の祈り」と「彼女は金魚」と「失うということ」を朗読した。「朝の祈り」をもうソラでも言えるほど何度も読んでいるわたしは、藤堂さん自身がその声でその詩を読むのを聞いて、あり得ないほど心を動かされた。それはお客さんも同じだったらしく、割れんばかりの拍手を浴びて、藤堂さんはまんざらでもない顔でお辞儀した。

もちろんトリは水島龍平で、八月をテーマに書き下ろした新しい詩を四つ朗読した。水島龍平の朗読は藤堂さんよりすっきりあっさりしていたが、それでいて聞かせどころではたっぷりタメた。タメたあとに読まれる一行は、まるで手品の種明かしみたいに、そこまで読まれた言葉の意味を一気にわたしたちにわからせてくれるから、おばあさんから若い男子学生まですべての観客がその一行を息をつめて待ち、その緊張から解放されるとき、不思議な快感を味わった。だからだと思う。拍手はどの詩人よりも大きく長く続いた。

すべてのプログラムが終わった後、果実社が近くの中華料理店でお疲れ様会を用意していて、出演した詩人たちと一緒にわたしもその店に行った。

いちばん若くて美人の須藤フミさんが水島さんの隣に座り、それが藤堂さんにはまず気に入らなかったらしい。藤堂さんは最初に座った席から立ち上がり、失礼しますと言うと須藤さんをはさんで水島さんの反対側に座った。嫌な予感がする。

まずビールで乾杯し、食事が並び始めると、須藤さんが藤堂さんに話しかけてきた。

「わたし、藤堂さんの朗読聞いたの今日がはじめてなんですけど、なつかしかったあ。高校の教科書ではじめて読んだんですよ、藤堂さんの詩」

「ああそう」

ニコニコして返事した藤堂さんが心配で、わたしはその隣に座っている。

「高校の教科書に載ってた詩なんだ。どれ?」

水島龍平が会話に入ってきた。

「『朝の祈り』です」と須藤さんが答える。

「いつの詩だよ」水島龍平が笑う。

「一九七〇年」

藤堂さんは自分でコップにビールをつぎ、ぐいぐい飲みながら大きな声で答える。

「四十四年前かあ。『彼女は金魚』も古いんじゃないの?」

「九九年」

「『失うということ』はたしか二〇〇一年だったよね。あれから何か書いてるの?」

水島龍平がどういうつもりでそういう質問をするのかがわからないまま、わたしはハラハラしながら聞いている。藤堂さんは「ビール」とおかわりを注文し、「書いてませんよ。誰かさんみたいに大量生産できるタイプじゃないんでね」と言った。

「どうしてですか?」と須藤さんが不思議そうに聞く。

「そうそう、オレもそれ聞きたかったんだ。どうして書かないの？」

水島龍平はやめない。藤堂さんは黙って煙草をくゆらせている。

「書けないのかな」

水島龍平がちょっと笑っているので、わたしは思わず藤堂さんの顔を見た。

「何も書くことがないんですよ」

藤堂さんはそう言って水島さんの顔を見ると、「けど僕は詩人のふりなんてしてませんから」と大声で言い放った。

「詩人のふり？」

水島龍平の顔から笑いが消え、二人にはさまれた須藤さんがそっと椅子を引いた。わたしは藤堂さんの手をとって、やめましょうと耳元でささやくと席から引き離した。


「そりゃ見ものだったな」

編集長は大笑いしているが、わたしは笑えず「もうドキドキしたのなんのって」と困った顔をしたら、「須藤さんの取り合いですよ」とトム君がにやりと笑う。昨日の事件を今朝知った編集長はデスクに座ってなんだかうれしそうだ。

「それで今泉君、藤堂孝雄はそのあとどうしたの？」

「もうとにかく有無を言わせず店の外に引っ張り出してタクシーに乗せて、吉祥寺のキャバクラに直行して、藤堂さんのお気に入りのおねえちゃんに引き渡してきました」

「こりゃまたすごい後始末だなあ。お見事。僕があの店に着いたときはなかなか和気《わき》あいあいとした雰囲気でいい感じだったから、まさかそんなことがあったとはね。ちょっと遅れただけでそんなおいしいものを見逃すなんて、まったく残念。最近は詩人もケンカしなくなっちゃったからなあ。昔はけっこうスゴかったらしい。同人同士でも言い合いになると取っ組み合いまでいっちゃうこともあったって社長が言ってたな」

へえ、とわたしはそのシーンを想像しようとしたが、藤堂さん以外の知的で物静かな詩人たちと顔を合わせたばかりだったので、彼らが言い合う姿すら思い浮かべることができない。

ひとしきり詩集のゲラの校正をしたあと、そろそろラインで藤堂さんにメッセージを送ってみようかなとデスクでスマホに手をかけたとき、「今泉さん、電話」とトム君が言った。

「よくわかんないけど荻窪《おぎくぼ》駅だって」

「え、荻窪駅？」

「うん。今泉さんいますかって」

「なんか落としたのかな。あ、替わります」

わたしは自分のデスクの電話の受話器を取り、「もしもし、お電話替わりました。今泉ですが」と名乗った。

「今泉桜子さんですか。こちらJR荻窪駅ですけど、藤堂孝雄さんご存じですか?」

「はい」

「ご家族?」

「いえ、あの、担当編集者です」

「そうですか。すみませんがね、こちらまでご足労《そくろう》願えませんかね」

「あの藤堂さんに何か」

「その人、困ったことをしでかしましてね。電車の中で痴漢《ちかん》行為です。はい。現場の近くにいた女性がつかまえてうちの駅員に突き出したんですが、被害者の女性が被害届けは出しませんとおっしゃって。はい。本人もかなり反省してあやまっておられますので、適当な身元引受人がいたら引き渡そうかということになりましてね。本人が今泉桜子さんの名前しか言わないんです。ご家族はいないんですかね」

「ええ、一人暮らしです」

「では申し訳ないんですが、こちらまで」

「はい、行きます。すぐに出ますので。すみません、よろしくお願いします」

青ざめたが何の躊躇《ちゆうちよ》もなくわたしは会社を飛び出した。駅までの道は地獄のように熱くむせ返って、いつもの倍も長く感じる。

痴漢行為って。そりゃあ藤堂さんは女好きだけれど、知らない人をさわるような人間じゃないはずだ。いや、それより、これが外に漏《も》れないように細心の注意を払わなくちゃ。わたしはそればかりを考えながら中央線に乗り換え、ドアの近くに立ったまま外の景色が後ろへ後ろへと流れていくのを見ていた。夏ももうすぐ終わる。出会ったときは春の始めだった。トードーデスというあの声の響きがまだ耳の中に残っている。人をこんなに心配させて、許さない。今度は絶対に許さない。

猛暑で人影もまばらな昼下がりの井の頭公園を抜ける間、藤堂さんは黙りこくっていた。へらへら笑うと思っていたのに、悲しそうな困り果てた顔をして駅の事務室のパイプ椅子に座っていた藤堂さんは、申し訳ありませんでしたと言うと、わたしと一緒に深々と頭を垂れて、それからずっと沈黙を守っている。わたしも何も言えずにただ黙って濃い緑の中を藤堂さんと並んで歩いた。

「さあ、話してもらいますよ。いったい何があったのか」

部屋に入ってソファにドカッと座り両手を挙げて「あーあ」と大声を出した藤堂さんをわたしはキッと見すえた。胸に英語でエンドレスサマーと書いたティーシャツを着て、ベージュのチノパンをはいた藤堂さんは、「こわい顔すんなよ」と言ってやっと笑った。いつものニヤニヤ顔ではなく、子供っぽくまるでわたしに救いを求めているかのように弱々しい笑いだった。その笑いにとまどったわたしは勢いをそがれ、コーヒーでもいれてきますとキッチンへ行った。

コーヒーをいれて戻ってくると、藤堂さんはクーラーのスイッチを入れてソファに寝ていた。コーヒーの入ったマグカップをテーブルに置くと目を開けて、「すまなかったな」と、ぽつりと言った。わたしはドキッとして藤堂さんの顔を見た。藤堂さんはわたしの目を見ずに低い声で話し始めた。

「新宿の本屋に用があってね、電車に乗ったんだ。席はバラバラと埋まっていて座るにはどの隙間も狭そうでね、つり革につかまって立ってたら、斜め前に女の人が座っていたんだ。僕は息をのんだよ。斜め上から見た横顔がミキコそっくりだったんだ。ミキコというのは死んだ妻だ。髪が顔にはらりとかかっているその感じまでがよく似ていてね、なつかしさのあまり気が遠くなった。気がついたらその女の前にしゃがんで髪をかき上げ顔を両手ではさんでいた。女はおびえたような目で僕を見た。人違いだとはっきりわかったときに、乗り合わせていたきみくらいの年の女性に腕をつかまれて、開いたドアから外へ引きずり出された。その女は何か叫んでいて、ミキコにそっくりだった女も降りてきた。ホームに降りると駅員が飛んできて事務室へ連れていかれた。後はきみも知っているとおりだ」

そこまで話すと藤堂さんは起き上がり、テーブルの上のマグカップを両手で持つと中のコーヒーをのぞき込みながら、「ほんとにそっくりだったんだ。ミキコだと思った」と繰り返した。

藤堂さんは仮面を取っていた。弱々しく一行も詩を書けない忘れられかけた詩人の素顔がそこにあった。愛する人に先立たれて、まだそのことを受け止めきれていない男の顔だった。

「きみにはわからんだろうね。死んだ者はね、死んだときのまま年をとらないんだ。それが死んだ人と生きる人間のリアルなんだ」

藤堂さんはコーヒーを飲まずにテーブルの上に戻した。そして「会いたいんだ。いまでもミキコに」と言ってまた黙ってしまった。

わたしはとっさに藤堂さんの横に座り、藤堂さんのひざに手を置いて、「わかります。わたしも大事な人に先立たれたから」と言ってしまった。言ってしまったらもう黙っていられなくなった。

「わたしが集明社を辞めたのは、契約していたカメラマンに恋をして捨てられたからです。彼は女にだらしない年下の甘えん坊でした。気まぐれでわがままでいつも振り回されていたけれど、わたしはすごく好きだった。結婚もしたかった。でも彼にはそんなつもりなんてなかった。捨てられたときわたしのお腹には赤ちゃんがいました。子供を産むにはギリギリの年齢でした。悩みましたがわたしは産むことを決意した。会社を辞め、貯金と失業保険でつましく暮らし、子供は無事生まれたんです。とてもかわいい男の子でした。将来女を泣かせそうないい顔をしていました。わたしはすっかり変わってしまいました。小さな指や小さな耳やつぶらな瞳にすべてを捧《ささ》げることができるとさえ思っていました。しあわせでした。それなのに、一か月後、坊やは突然死んだんです」

藤堂さんのひざに置いたわたしの手の上に、藤堂さんは手を重ねた。大きくてあたたかい手だった。

「何も感じられなくなりました。悲しみ以上の深い苦しみが続きました。世の中のことに何も興味を持てなくなりました。昔のように現実に向かい合おうと何度もしてみました。わたしはそれなりに仕事ができる人間だったんです。でもできませんでした。いまでもできていません。猫はわたしを苦しめます。あのすこやかさを見ていると心がズタズタになるんです」

藤堂さんはしっかりとわたしの手を握った。

「大切な人を失うってどんなにつらいか、わたしにはわかるんです」

わたしがそう言うと藤堂さんはわたしの頭をやさしくなでた。「つらかったね」と言いながら。

「生き返ってほしい。そしてできるならあやまりたい。そうでしょ?」

わたしは泣き出してしまった。藤堂さんはわたしの肩を抱えるとやさしく胸に引き寄せ、

「大丈夫だ、大丈夫」と繰り返した。藤堂さんは煙草のにおいがした。わたしは藤堂さんの胸に抱かれて子供みたいに泣き続けた。ずっと押し殺してきた悲しみがはらはらと散っていくみたいに、心が崩れていった。

10

会話

馬場マサ子

これどう?
かわいい
こっちは?
いい感じ
じゃあこれは?
スゲー
じゃあこれ

ヤベー
どれかあげる
マジかよお
ウソだよん
で、あんた誰？

「馬場さんがまたおもしろい詩を書いてきたんで、今日はこれについてみんなで話そう。この前、あれは六月だったかな、言葉の意味が時代によって変わってくることについての話がずいぶん盛り上がったのは覚えてる？」

生徒たちは口ぐちに覚えてると返事する。

「あのとき、いま現在話し言葉として絶大な権力を持っている『かわいい』『いい感じ』『スゲー』『ヤベー』『マジかよお』を使って詩を書いてみようって提案したんだが、みんな書きあぐねてるみたいで、そこに馬場さんがこれを提出してくれたんだ。じゃあこの便利言葉たちの言い出しっぺはたしか山田さんだったよね。この詩をどう思う？」

指名された山田ミスズはノースリーブのポロシャツにハーフパンツという軽装で勢いよく立ち上がると「おもしろいけど、これって詩なんでしょうか」と不思議そうに言った。みんながざわつく。

「みんなはどう思う？　洋子さん」

「詩には思えないんですけれど、目の前に情景がパアーッと浮かんできますのよ」

「あ、それ、私も思った」とマリコが言う。

「私はものすごくさびしい気持ちになった」佐藤さんがしんみりした顔をする。

「そうか。とにかく何か感じるってことかな」

　みんなが口ぐちにそうそうと言ってうなずく。私はものすごい皮肉を感じていた。話が通じているようで通じてなくて、しかも最後に「あんた誰？」だなんて。知らない人同士の無意味な会話でも場が埋まるその皮肉。からっぽの言葉たちを平気で並べる軽薄な私たち。私、浩介、クルミ、花田萌の顔が浮かぶ。意味のある言葉を使って意味のある会話をしたい。そう思いながら窓の外に目をやる。八月の太陽の光がビルのガラスに反射して銀色に光ってまぶしい。教室の中はゆるく冷房がきいていてほとんどの女が白いシャツや白いパンツを身につけていた。定番の真夏の白の装いだ。なぜか揃う。

「僕は思ったんだけれどね、たしかにこの詩のようにこれらの便利な言葉を使うと会話に波風立てずに話は進むよね。誰か言ってたね、その場さえしのげればいいって。でもそういう会話からは価値観のぶつかり合いって生まれてこないんじゃないかな。相手を否定することもない。そう言われると否定の言葉ってあんまりバリエーションないでしょ。日本人はね、相手を否定するのに慣れてないんだ。僕のブログを読んでくれた人もいるだろう。

そこに批判のコメントがいっぱい載ってたと思うんだけど、そこでも否定の言葉にはあんまりいいのがなかった。バカ、死ね、出直してこい、何様のつもり。ね、バラエティないでしょ」

藤堂さんがそう言うと、「でも先生、人の悪口は面と向かって言うもんじゃないでしょ」と馬場さんが答える。そうだ。こっそり日記に書いたり口の中でつぶやいたりするものだ、と私も思う。

「そうかなあ。否定されたらその場で反撃するけど」とミスズは不満そうな顔だ。

「否定されたら怒るよね、人って。怒ったら悪態《あくたい》つくよね。ネットのコメントには悪態があふれてる。匿名《とくめい》だから言いたい放題だ。ある意味じゃホンネの表出だね。でも、あきれてものも言えないってこともあるよね」

藤堂さんはまたプリントを配った。忌野清志郎の「君はそのうち死ぬだろう」という詩だった。「君はそのうち死ぬだろう／このままいけば死ぬだろう／だから何とかしておくれ／君が死んだら迷惑だから」で始まって「君はもうすぐ死ぬだろう／誰かが発見するだろう／しばらく誰もが泣くだろう／ぼくらも泣きまねしてあげる」で終わっていた。

クルミの部屋の本棚にあった清志郎の『エリーゼのために』という詩集が目に浮かび、それから一気に時を超えてその人の歌うロックを聞いていた十代の自分になれる。

「この詩で使われている否定の方法は何だろう？　じゃあ、清水さん」

藤堂さんに名指しされると一気に緊張してしまう。

「えっと、皮肉?」ようやく声が出た。

「そう。皮肉だね。詩ではよく使われる。否定の言葉があまり発達してこなかったからだ。いまの人はたいてい『ダメじゃん』で済ますね」

藤堂さんの言葉に教室がざわめいた。たしかにそうだ。ダメじゃん。

「残念って言葉もよく使いますよね」とマリコが張り切って答える。

「いまだったら、ダメよ〜ダメダメ」とミスズが言って全員が笑う。

「『ダメじゃん』も『残念』もどっかにあいまいさを残してるような気がする。少し笑える、みたいな。じっさい、コメディアンが繰り返し使ってギャグにしちゃう。そういう言葉を詩に使っても、馬場さんの詩みたいにおもしろくはあるけれど明確なメッセージは伝わらないよね。

さて、一方でいまは世の中じゅうに詩があふれてる。ミュージシャンの歌う歌詞も昔の歌謡曲と比べると格段に繊細でリアルだ。ユーミンとか中島みゆきとか井上陽水とかミスターチルドレンとか、みなさんも聴いてきたでしょ? 僕の詩に曲をつけて歌ってくれた手塚愛さんの詞もいい。詩的なものに触れる機会がものすごく多いってことだ。だから詩みたいなフレーズの一つや二つ、誰にでも口にできる世の中なんだ。そんな状況の中で僕たちがあえて音楽の助けを借りない詩を書くとしたら、その詩に使う言葉はそういう『ありもの』じゃあダメなんだ。流行り言葉を使って書くと、その詩はその場でウケてもすぐに消費されてぬけがらになってしまう。人からあるいは共通のあいまいな表現から借りてきた言葉じゃなくて、自分で戦って見つけ、手に入れた言葉で書くと、確実に何かが変わるんだな。わかる？」

人から借りてきた言葉じゃダメなんだ、と私は藤堂さんの言葉を繰り返した。クルミに届ける言葉は借り物じゃダメなんだ。目からウロコが落ちたような気がした。私は本やドラマや映画や歌の中から母親として使えそうなフレーズを拾っては口にしてきたから。いつからそんな人間になってしまったのだろう。一生懸命自分の言葉で話すってことをしなくなったのは、価値観をぶつけ合うことを避けるようになったのはいつからだろう。私は皮肉が得意な文学少女だったはず。あのころの私はどこに眠っているんだろう。目を覚ましてよ。そしてクルミに語りかける言葉を見つけてよ。

詩の教室から戻ると、私は何かに急《せ》かされるみたいに押し入れから捨てずにとってあった一本のカセットテープを引っ張り出してきて、古ぼけたラジカセでかけた。めいっぱいボリュームを上げる。ラジオから録音した古い歌が勢いよく流れ出す。なつかしさがあふれて、一瞬にして時が戻る。ソファに座って目を閉じる。そして歌う。一字一句間違えずにいまも一緒に歌えるのが不思議だった。けれど歌声は自分のものなのに、誰か別の人の口から出てもう一度私の耳に届いたような違和感があった。それは大好きだった歌がいまも色あせてやしないと感じると同時に、もうすっかり輝きやあこがれを失ってしまったと感じているから生まれた違和感だった。あれほど愛した歌が魅力を失っていることに私はあせった。まるで自分の青春がけがされたような気がした。それでも勝手に口は動いて、次から次へと歌い続ける。そしてテープは突然止まった。

自分がひどく老《ふ》け込んだ気がした。いつもイラついてまわりの人間に腹を立て、自分の思いを代弁してくれるフレーズを探して歌詞を拾い集め続けた十代の私が、遠くから五十四歳の私を見ている。借り物の言葉を使っていたのはあのころの私だっておんなじじゃないかと思った。生意気な小娘は、へ理屈をこねるためにたくさんの本や歌から言葉を盗んでいただけだ。いったいいつ私は自分の言葉でしゃべることができるんだろう。

ベランダに出ると、なまあたたかい風が吹き、ごおっという街の騒音が耳を占領する。日は暮れて群青色《ぐんじょういろ》の空遠く高層ビルの赤いライトが点滅している。まだまだ気温は高く、冷房で冷えたからだが外気にあたためられて、輪郭《りんかく》がじんわりと夜にとけていく。

泣くことしか知らない赤ちゃんに戻りたくなった。言葉を使うのがひどく面倒臭いことに思えた。けっきょく言葉に振り回されているだけだ。そう思った途端に電気が走るみたいに私の頭のてっぺんから足の先まで、クルミの気持ちが駆《か》け抜けていった。言葉を使うのがひどく面倒なことだと、あの子も思ったのだ。そして黙ってしまったのだ。どうしていままでそんなこともわからなかったのだろう。正しいとか正しくないとか、そういうレベルではなく、もっともっと深いところであの子は傷ついていたのだ。

私はベランダの手すりに背をあずけて、我が家を外から見つめた。二LDKのちっぽけな私たちの住まいは、のっぺりとした白っぽい蛍光灯の下でどこか不安げに住人たちの帰りを待っている。沈黙したとしてもまっさらな心にはなれないのだ、と思う。このからだの中にはもう言葉がつまっているのだもの。もう一度。私はそうつぶやいた。もう一度あの子にはじめて言葉を教えたときのような喜びに満ちた新しい気持ちでクルミに話しかけることができたなら、きっと何かが伝わるはずだ。私まで口をつぐんでしまったら、先へは進めなくなるから。拳を握り肩の高さに持ち上げ、よしっと掛け声をかけて部屋の中に戻る。私はあきらめない。そう誓う。


八月最後のクラスが始まる時刻になっても藤堂さんは現れなかった。

「やっぱり噂、ほんとなのかな」とマリコが私の顔を見てため息をつく。

「なんてことないですよ。警察につかまったわけじゃなし」

前の席に座っていたミスズが振り向いて身を乗り出してきた。

「だいたい藤堂さんみたいにモテる人が、なんで痴漢なんてしなくちゃいけないんですか」

「そうよね。私もそう思うの。ねえ、安西先生、何か聞いてません?」

マリコが質問すると安西先生はただ首を横に振った。部屋中にひそひそ声があふれざわざわしてきたとき、一人の女が入ってきてホワイトボードの前に立った。仕立てのよさそうな白いシャツにラインのきれいなパンツ。前にクラスに見学に来た人じゃないかと私は思った。安西先生があら、と声を出し、その女はそれに気づいて軽く会釈《えしゃく》した。

「みなさん、わたし、果実社の今泉桜子と申します。ちょっと聞いていただけますか」

女の大きな声で教室が一気に静かになった。

「藤堂さんは、今日体調が悪くて来られません。みなさんにはあらためて補講の日時をお知らせしますとのことです。それから」

今泉と名乗る女はそう言うと一息つき、みんなの顔を見た。教室はしんと静まり返っている。

「悪い噂がネット上で広まっているようです。藤堂さんが痴漢でつかまったという噂です。もうみなさんのお耳にも入っているかと思いますが、それはデタラメです」

女の一言でみんなが安堵《あんど》の表情を見せた。私もホッとする。

「デタラメなんですが」と女は言い、「いまから話すことはここだけの話にしてくださいますか」と聞いてきた。ミスズが「もちろんです」と大声で答え、みんなも口ぐちにもちろんだと言う。

「じつは、痴漢に間違えられたのは事実なんです。藤堂さんが乗った電車にたまたま亡くなった奥様そっくりの女性が乗り合わせていて、藤堂さんはなつかしさのあまり我を忘れてその人の髪と頬《ほお》に触れてしまったんです」

いやだ、とマリコがつぶやくのが聞こえた。

「同乗者に止められて、藤堂さんは次の駅で降ろされましたが、奥様にそっくりだった女性はわけを聞いて納得し、被害届けを出さないでくれたんです。藤堂さんは謝罪し、無罪《むざい》放免《ほうめん》となりました。これがことのてん末です。藤堂さんを信じてあげてください」

女はそう言うと深々とお辞儀をした。

「それから、今日課題を持ってきておられる方は、藤堂さんにお渡ししますので、提出してください」

女の言葉に何人かの生徒が詩の原稿を渡しに立ち上がる。女はそれを受け取ると「それじゃあ」と言って教室から出ていった。一斉にみんながしゃべり出し騒然となる。私はバッグをつかむと教室を飛び出し女の後を追った。

駅前でようやく女に追いつくと、「すみません」と私は声をかけた。女は立ち止まり振り向くとけげんそうな顔をした。

「私、詩の教室の生徒で、清水まひろと申します。あの、いまから藤堂さんのお宅に行かれるんでしょう？　連れて行ってください。私どうしても藤堂さんに聞かなくちゃいけないことがあるんです」

絶対へんなファンの中年女だと思われてるな、と私は恥じ入りながら、いまここであきらめたらきっと次はないと自分に言いきかせ、女にぐいぐい近づいていった。

「どうしても聞かなくちゃいけないこと？」

「ええ。藤堂さんの答えが聞きたいんです」

「えっと」

「清水です」

「清水さん、その質問は何方面？　もし噂についてならもう」

「言葉方面です」

「言葉？」

「ええ。とにかく連れて行ってください。藤堂さんに答えてもらえるかどうかわからないけれど、でも私は聞かなくちゃいけないんです」

そばをいろんな人が通り過ぎる。イヤホンをした若い男のひじが私のバッグに触れて、前にのめる。あわててバランスを取り直し女の顔を見る。女は迷っていたが、もう一度私の目をじっと見ると、「わかりました」と言って歩き出した。

藤堂さんのお宅は井の頭公園の先だ、と女は歩きながら説明した。公園はＪＲの線路をはさんで教室とは反対側、吉祥寺駅の南にあった。

二、三日前から急に気温が下がって、井の頭公園の木陰はまるで秋のようにひんやりしている。長袖のブラウス一枚では肌寒く、私はせっせと女の後を追いながら少し猫背になっている。

藤堂さんのマンションに着くと、女は「ちょっとここで待っていて」とドアの中に消えた。私はドアの前でじっと待った。しばらくしてドアが開き、ひどく疲れた顔の藤堂さんが出てきて「どうした」と言った。

「すみません。私、どうしてもお聞きしたいことがあって」

舌がもつれそうになる。落ち着け、まひろ。

「なんだい?」

藤堂さんの声はいつもどおりやさしく響く。勇気をふりしぼって声を出す。

「意味を失った言葉にもう一度意味を持たせるにはどうすればいいんですか?」

私は藤堂さんの目をじっと見て、すがるような気持ちで聞いた。そして待った。藤堂さんは私の顔をじっと見ていたが、視線を外し、私の背後に目をやって、「意味を失った言葉と意味をもう一度会わせるんだ。別れた恋人同士だ。最初は気恥ずかしくてなかなか打ち解けないだろう。だけど一度は愛し合った仲だ。嫌で別れたわけじゃない。きっかけをつくってやるんだ。二つがうまくやっていけるようにやさしく励ましてきみが大事に育てる。寄り添って歩くことができるようになったら、走れるように鍛《きた》えなくちゃならない。

力もつけなくちゃダメだ。外に出れば二つを引き離そうとするヤツらが手ぐすねひいて待ってるからね。わかるかい。予行演習として文章をつくってその中で使ってみるのがいい。もちろんきみの心の中でだ。二つがぴったりと組み合わさったと思えたら口に出してみる。何よりもきみがその言葉を大切に扱わなくちゃならない。使うべきときに使うべき場所で使うべき人に向かって正しく使ってやる必要がある。それには忍耐と鋭い勘《かん》が必要だ。口に出してしまったら、言葉ってやつはもう取り消せないからね」と言った。そして視線を私に戻し、「できるか」と聞いた。

「やります。やらなくちゃならないんです」

私は決死の覚悟でそう返事した。藤堂さんはなんだかたよりなく笑った。藤堂さんの笑顔を見て私のからだから力が抜けた。

11

いつもの年より早く夏が終わって、はやばやと秋がやって来た。あの事件のせいでちょっと元気のなかった藤堂さんは、九月になるとすっかりもとのダメ詩人に戻ってしまった。こちらの生活パターンにはおかまいなしで、ちょこちょこラインでわかりづらいスタンプを送ってくるし、パチンコ屋や飲み屋に呼び出し金をせびる。自分でもなんでこんなヤッにつき合っていられるんだろうと首をかしげながら、わたしはすっかり藤堂さんの手下になっている。わたしたちは秘密を共有し、死を共有し、失うということを共有しているのだから、しかたがない。

それでも、藤堂さんが詩を書くように仕向けなくてはならないとわたしは本格的に思い始めていた。書きたくなるように水を向けるのだ。わたしは会社のデスクで頭をひねる。

この間の朗読会の後、水島さんになんで書かないのか聞かれた藤堂さんは「何も書くことがないんですよ」と答えたけれど、書くことがないわけがない。ブログでは堂々と意見を述べていたし、詩の教室でも雄弁だし、わたしにだって鋭いことをよく言うもの。

藤堂さんが詩を書かない理由を探るため、わたしはその詩集をしかたなく開く。藤堂さんの最後の詩集は『失うということ』。テーマは妻との永遠の別れである。詩集には病に侵《おか》された妻との間に残されたわずかな時間の中で、彼女への愛を確かめ、避けることのできない妻の死を受け止めそれを乗り越えようとする一人の男の闘いの跡がくっきりと言葉で刻まれている。わたしはつらすぎてなかなかその詩集を読み通すことができなかったのだが、藤堂さんを長すぎる沈黙から救い出すためには読むしかなかった。そして予想通り、どの詩も死のにおいがしてわたしを痛めつけた。それでも読み通すと、藤堂ミキコという天真らんまんな女性の姿がありありと浮かび上がってくる。かわいい人だったんだなと思う。

会いたいんだ、いまでもミキコに。そう言った藤堂さんの顔を思い浮かべると、やっぱりそのことと詩を書かなくなったことが無関係ではないと思う。たとえば詩を書こうとすると奥さんの死を思い出してしまうのがつらいとか、奥さんがアイデアの泉のような存在だったとか。それはあり得る。デザイナーにもミューズを必要とする人は多い。わたしでは代わりになれないのだろうか。なれないんだろうな。なれるものならなってあげたい。いつのまにかそんなふうに思っている自分に気づくとなぜか恥ずかしい。それにしても、藤堂さんはどうしてこんなにまっすぐ死を見つめられたのだろう。わたしなんて目を開いていることすらできなかった。あの子の死がこわくてこわくて、ただ黙ってうつむいて泣いていただけだ。かなわない、と思う。

「いい詩集じゃないですか、『失うということ』。わたし感動しました。なんていうか『花のお江戸』とは違ってピュアっていうか、ものすごく純粋なものに触れた気がするんですよね」

呼び出されて久しぶりに訪れたキャバクラで、わたしは熱弁をふるう。藤堂さんはふーこちゃんに水割りを作らせながらポッキーを食べていて、わたしの賛辞にはちっとも感動しない。藤堂さんの服はいつのまにか半袖のティーシャツから長袖のスウェットに替わり、これから冬に向かうのだということを思い出させた。

「あんな感動的な詩が書けるのに、ほんともったいない、沈黙してるなんて」

「書くことないもん」

藤堂さんの返事はすげない。わたしはメゲずに「じゃあ猫なんてどうですか。ケンジ貸しますから。きっといくらでも書けますよ。猫って飽きないですよ。無限の可能性を秘めた素材です」と押してみる。

「きみ、猫の詩なんて読みたいかね」

「猫の詩、いいじゃないですか、ねえ、ふーこちゃん」

わたしはストレートのウィスキーをやけっぱちで飲み干し、ふーこちゃんにねえと笑いかける。

「猫の詩って、そうだニャアとかいけないニャンとかですかあ?」

ふーこちゃんはもうあまり教科書詩人を尊敬していないようだ。藤堂さんは、そうそうニャンニャンと言いながらふーこちゃんのひざをなでている。わたしも尊敬できない。

「だけどさあ、きみ、なんでそんなに僕に詩を書かせたいわけ?」

藤堂さんはふーこちゃんのひざに手を置いたまま、ちょっといやらしい笑いを浮かべて聞く。

「そりゃ読みたいからですよ。藤堂孝雄、十三年間の沈黙を破る! みたいな」

「そんなのもう誰も待ってないって」

「えっ、じゃあ藤堂さんは誰かが待ってれば書くって言うんですか? はい、わたし、待ってます」

わたしはハイハイと右手を挙げる。なんでこの人といるとこう破れかぶれになっていくんだろう。

「きみ一人じゃあねえ」

「社長も待ってますすって」

「二人かよ」

「藤堂さん」

「はいよ」

「ほんとうのこと言っていいですか？」

「いいよ。ほんとうのこと大好き」

わたしは藤堂さんの方に向いて座り直し、ひざを揃えて「わたし、ほんとうは藤堂さんに宮澤賢治の「雨ニモマケズ」みたいな詩を書いてほしいんです」と言った。藤堂さんはアッハッハと大笑いする。

「ムリムリ」

「どうしてですか？」

「きみ知らないの？　宮澤賢治って相当な変わり者なんだぜ。死ぬ前に自分のからだをオキシドールで拭《ふ》いたんだって」

「マジですか」

「マジマジ。だからムリだって。僕、お風呂嫌いだから」

「藤堂さんだって相当な変わり者ですよ。大丈夫。ああいう、そうだなあ、それっていいなあって読んだ人が素直に思える詩を書くといいと思うなあ」

「みんなにデクノボーと呼ばれるんだぜ」

「やだ、藤堂さん、暗記してるんですか？　やっぱり好きなんだ。わかります。いいですよねえ「雨ニモマケズ」」

「南ニ死ニサウナ人アレバ　行ッテコハガラナクテモイ、トイヒ」

「そこ、泣けますよね」

「うん、ここがいいんだな」

わたしは思わず藤堂さんの顔を見る。藤堂さんはやさしい目でわたしを見つめ返してくれる。いまの一言で、わたしははっきりとこの人は信用していいと思った。そして何を言うべきかわからなくなり黙って酒を飲んだ。

キャバクラに一時間いて延長はせず、支払いを済ませると、わたしと藤堂さんは歩いてマンションに向かった。わたしはもう秋もののスーツを着ていて、ついこの間まで汗をかいていたことが信じられないと思う。井の頭公園にはまるで冬みたいに北風が吹いてなんだか肌寒く、わたしはついつい藤堂さんにくっついて歩く。歩きにくいから離れなさいと言われるかと思ったが、藤堂さんはわたしの歩幅に合わせてゆっくり歩いてくれている。

「なあ、桜子。ほんとは僕がなんで詩を書かないのかが知りたいんだろ」

藤堂さんは歩きながらぽつりと言う。わたしは驚き、それからあわてて「そうです」と答える。

「そうだろうなあ。書いてくれと頼まれれば、たいていの詩人は書くんだもんなあ」

藤堂さんはそう言うとまた黙ってしまった。わたしはしっかり隣にくっついて一言も聞き漏らすまいと集中していたので、黙っている藤堂さんのまだ発せられていない声すら聞こえそうな気がした。けれどマンションに着くまで藤堂さんは何もしゃべらなかった。

「飲み直すか」と言って藤堂さんは部屋に入り、わたしもその後ろを追った。

藤堂さんがキッチンからワインとワイングラスを持ってきて、テーブルに置き、グラスにワインを注ぐ。もういいかげん酔っているわたしはふわふわした気分でグラスを持つと、

「教えてください」と頭を下げ、藤堂さんのグラスに自分のグラスを合わせてカチンと音を立てた。藤堂さんはゆっくりワイングラスを揺らして香りをかいでから、くいっと飲んだ。

「僕が詩を書かなくなったのは、自分がこわくなったからだ」

「こわくなった？」

「そう。ミキコが脳腫瘍《のうしゆよう》に侵されて、言葉を失い、手足も動かなくなっていくのを見なが

ら、僕はそれをどう書くかってことばかり考えていた。病んでいく彼女を見続ければたくさんネタを拾えると思ったんだ。ものすごい量の詩のモチーフが次から次へと現れたからだ。彼女は死んでいこうとしていた。それなのに僕はそれを詩に書くことで頭がいっぱいだった。ミキコが死んでいくのを詩に書かないでいることができなかった。僕はかわいそうなミキコを詩の題材扱いしたんだ。そしてきっとこの詩集は売れるとまで思った。なぜならそれらは真実のオンパレードだったから」

何と答えてよいかわからず、藤堂さんの横顔をわたしは盗み見る。藤堂さんはいつものとおり、有名詩人の鉄仮面をつけたまま、スイッチの入っていない真っ暗なテレビの画面を見つめていた。そこに何かが映っているかのように。右手に持ったワイングラスが揺れている。藤堂さんが無意識に揺らしているのだ。声と同じだとわたしは思った。藤堂さんの声は無意識のうちに強さも高さもコントロールされて、うまく演出されたドラマのセリフみたいに聞こえたのだ。もう何度も自分の心の内で繰り返されたに違いないセリフ。
「でも詩人なら、詩のことを考えるのが、当然なんじゃないですか？　宮澤賢治だって、妹が死にそうなとき、「永訣の朝」を、心の中で、書き始めていたんだ、と、わたしは思います」

そう、つっかえつっかえ言いながら、それた、と思った。藤堂さんの言いたいのはそんなことじゃないんだ。わかってる。深い悲しみでさえ、詩にとってはオイシイと感じてしまった自分への罪悪感。だけどそんなこと、そんなこと誰にだってあるんですよ藤堂さん。みんなおいしいことがころがってくるのを心のどこかで期待して生きてるんですよ、とわたしは言おうとしてためらった。その罪悪感がわたしには愛おしかったから。

「僕は宮澤賢治ほど立派な詩人じゃないよ。それに賢治はトシの枕元で印税のことなんてこれっぽっちも考えなかっただろうしね」

そう言われて、入社したてのころみんなと話していて、宮澤賢治は「永訣の朝」を書いたとき原稿料なんて百パーセント期待してなかったってわかったことがあったのを思い出した。藤堂さんはワインのボトルを手にすると空《から》のグラスにワインを注ぐ。

「妻の死と向き合ったとき、僕の言葉から余分なものがそぎ落とされていった。『花のお江戸』が売れて有名になり、俗にまみれていた僕の言葉たちが変わり始めたんだ。わい雑な生に対して死はあまりにも整然としていた。生きていることでカオスへと拡散してゆくすべてのことがそこへ凝縮していく。死が近づくにつれてミキコの存在はくっきりと浮かび上がる。僕はその生き生きとした変化を受け止めてしまった。そしてゾクゾクするほどの喜びを感じた。余分なものをそぎ落とした言葉を手にした僕は、くっきりと浮かび上がった妻の姿を書き続けた。書いたことのない詩を書いている気がした」

「だからそれは藤堂さんが詩人だから」

わたしがそう口をはさむと、藤堂さんはワイングラスを持ち上げまた揺らし始めた。

「僕はなりふりかまわず看病するべきだったんだ。詩を書くことにうつつを抜かしていたことを、彼女にあやまりたい」

わたしは藤堂さんの言葉を聞きながら、死んだ子のことを考える。わたしだってあの子にあやまらなくちゃならない。あの男へのあてつけの気持ちがなかったとは言えないもの。もしかしたら子供を産めばあの男が戻ってきてくれるんじゃないかという淡い期待さえ抱いていた。産んだ動機が不純だったから、わたしは天罰を受けてあの子を死なせてしまったのだと思わずにはいられない。あやまりたい、あの子に。でも。

「でも、死んだ人にあやまることはできない」

わたしのつぶやきを藤堂さんは聞き逃さなかった。

「そうだ。死んだ人間にあやまることはできない」

わたしたちは黙り込んだ。藤堂さんはテレビの画面を見つめたままグラスを揺らし続けている。揺れるグラスを見ながらわたしは考える。あの男はきっとわたしのことを忘れてしまうだろう。でもミキコさんは違う。藤堂さんの手にした言葉で詩に刻まれ、妻から女へ、女から人へと抽象化されて、その詩を読む人の心の中で永遠の存在になれるのだ。

「詩になったミキコさんがうらやましい」

思わずわたしは言った。

「そうかね。僕は詩なんか書かずにあいつの手を握っていてやるべきだったんじゃないか。

詩がなくてはならないものならミキコのつらさと引き換えにもできるけど、いったい詩に
そんな価値があるかい？」
藤堂さんの声はつめたく響く。誰に向かってそう聞いているのかわからないくらい。
「〈失うということは　なくなるという事実ではない
そこにもはやそれがないと知る　その体験なのだ
失われていくものが　命をかけて
きみに教える
これで終わりではないと〉」
わたしがそうつぶやくと、藤堂さんの手が止まった。
「わたし、そのこと、すごくよくわかるって思った。事実じゃなく体験だからこんなに苦しいんだって。それをよく知ってる人がいるんだって思ったら、ほんの少しだけど励まされた。そしてそれは終わりじゃない。あの詩がそう言うから、ほんの少しだけどでもたしかにわたしは前に進めた。わたしには詩とは何かなんてわからない。でも人が瞬間瞬間に感じとり理解したことを言葉に変えることにはきっと意味があるんです。だって人間って忘れたくないことまで忘れてしまうものだもの。言葉にして切りとれば忘れられないものになる。そしてそれを共有できる。それが詩の価値なら、詩はなくてはならないものなんです」
やにわに藤堂さんは立ち上がり、わたしを見下ろして「それ、本気で言ってるのか」と

聞いた。わたしは藤堂さんを見上げて「本気です」と答えた。藤堂さんはぷいと横を向くと、窓辺まで行き、立ったまま窓を開けた。夜のつめたく澄《す》んだ空気が部屋に流れ込んで、わたしの酔いがさめていく。いつまでも窓の外を向いて動かない藤堂さんの背中はわたしを不安にさせた。詩人の苦しみの深さにわたしの背丈《せたけ》ではとても届かないのだと思い知る。

呼び出されもしないのに、わたしは毎日会社の帰りに藤堂さんのところへ寄るようになった。詩人の苦しみを和《やわ》らげることが自分に課せられた使命のような気がしたのだ。わたしは単純な人間だ。毎日藤堂さんのところへ行って、こわがらなくてもいいと言いたかった。だって死んでいったのは奥さんで藤堂さんじゃないのだから。

「とにかく、書いてみましょうよ。詩の教室じゃあけっこうエラそうにいいこと言ってるじゃないですか。きっと書けますって」

部屋の片づけをしながら、わたしはしゃべり続ける。コーヒーをいれ、鉛筆を削《けず》り、原稿用紙を食卓用のテーブルの上に広げて置いても、藤堂さんはムリムリとやる気がない。

「あのねえ、藤堂さん。詩人だって締め切り守るべきだと思うんですよね。人として。だからわたし、締め切り設けることにしました。九月三十日です。で、十一月号に掲載。書けなかったら穴あきますから。プロならプロらしくちゃんと仕事してください」

「締め切りが決まったくらいで書けるならもうとっくに書いてるよ」

「詩人ってちょっと甘えてると思うんですよ。デザイナーなんて、何があっても年二回のコレクションを発表しなくちゃいけなくって、それが成功か失敗かは世界中に報道されて、それがそのまま売り上げにつながって、ファッションデザインだって芸術だけど、もっとシビアに現実に向かい合ってます。詩人みたいに、どうせ誰も読んでやしないんだから、なんて気持ちで書かれちゃ読む方はたまりませんよ。わたし、考えたんです。藤堂さん書くことないって言ったけど、それウソだと思う」

「ウソじゃないよ。それに僕は詩を書く自分が許せないんだ」

「いいじゃないですか、許せないまま書けば。なんで許せないか書けばいいんですよ」

「いまさら自分の苦悩なんか書いて誰が喜ぶ」

「それはわからないけど、藤堂さんがその問題にもうずっと取り組んでいるなら、けっきょくそのことしか書けないんだと思うんですよ。それとも「雨ニモマケズ」、書きますか？　それならそれで、わたしはすごくうれしいけど」

「きみねえ、詩っていうのはね、書こうと思って書くもんじゃないんだ」

「じゃあどうやって書くんですか」

「降りてくるんだよ。言葉の神様が降りてきて、僕に何かを書かせるんだ。書いてるのは僕であって僕でない」

藤堂さんはまた話をそらそうとする。

「それ、いつ降りてくるんですか?」

「いつって突然だよ」

「じゃあもう十三年も降りてきてないんですか?」

「まあそうだ」

「まったくああ言えばこう言うんですからねえ。もう言い訳は聞き飽きました。今月中に書いてください。わたしの半年間の努力をムダにさせないでくださいよ」

「じゃあもっとホメてよ。こないだみたいにさ、僕の詩読んで救われたとか、あの手の話を百個くらい聞かせてよ」

藤堂さんは例のニタニタ顔でわたしを小バカにする。

「勤務時間外にそんな過剰《かじょう》なサービス何度もできません。だいたいデザイナーはショーの評判を一人で背負うんですよ。それがプロでしょ。締め切り守って最高のものつくって、世界から厳しい評価を受ける。それが芸術のあり方ですよ。詩人だってそれくらいやんなきゃ」

「デザイナーと詩人は違うだろ」

「どこが違うんですか」

「ギャラ」

「じゃあ藤堂さん、ギャラいくらなら書くんですか?」

「一篇百万円ってとこかな」

「百万？　わたし、それに近い額もう払ってます」

「きみはそれを恩に着せようって言うのか」

「恩に着せる？　藤堂さんが金貸せ、勘定払えって言うからわたしはしかたなく」

「払いたくないなら断ればいいんだ」

「この期《ご》に及んで、なんてこと言うんですか」

「きみは僕に気に入られたくて言いなりになってるだけじゃないか」

「気に入られたくて言いなりになってる？」

藤堂さんの勝ち誇った顔を見てわたしは絶句する。この人は信用できるなんて思ったことを後悔した。こいつは煮ても焼いても食えないダメ詩人なんだ。いや、詩人より前に人間としてダメなヤツなんだ。どうせ書けないと言った編集長が正しい。いったいわたしったら何を期待していたんだろう。

「僕が抱いてやると言えば、きみは喜んで服を脱ぐんだろ？」

カッと頭に血が上った。ジャケットとバッグをつかみ玄関へ急ぐ。急いで靴を履こうとしていると、後ろから「おい、怒ったのか」と藤堂さんの声がした。わたしは振り向かず「絶交です」と言うとドアを思い切り勢いよく開けて部屋を出た。バタンと扉の閉まる音が廊下に響く。もう二度とここへは来ないと決めていた。

12

　九月最後のクラスで藤堂さんは生徒に読ませたいと思う詩を一篇ずつ選んできて渡してくれた。卒業証書の代わりだということだった。

　九月は「自分」をテーマに詩を書くことになっていたが、私はなかなか書けず、最後の日になってやっと提出することができた。藤堂さんは私の手からその詩を受け取ると「がんばってるかい」と聞いた。私はドキドキしながらかろうじて「はい」と答えることができた。お宅まで押しかけて質問したことを藤堂さんはちゃんと覚えている。

「安西先生、何もらいました？　私は伊藤比呂美《いとうひろみ》の「虚構です」。長いけどおもしろそう」

　クラスの後、いつものようにカフェへ流れると、まるで成績表を見るように、みんなはもらった詩をそっと開く。安西先生はネイビーのストールを首にクルクル巻いて、なんだか寒いわねとホットコーヒーのカップを持ち上げながら、「わたくしには石原吉郎の「麦」でした」とミスズの質問に答えた。「マリコさんは？」とミスズが聞くと、「井坂洋《いさかよう》子《こ》の「ＧＩＧＩ」」とマリコが笑う。「じゃあまひろさん」ミスズの明るい声にいつも通り少しとまどいながら、「藤堂さんの「霧が晴れたら」」とうつむいたまま答えた。『藤堂孝雄詩集』には入ってなかった詩だ。あわてて斜め読みする。

「卒業証書代わりに藤堂さんが自分の詩を渡すなんて珍しい。はじめてのことじゃないかしら。まひろさんには何かどうしても伝えたいことがあったんでしょうね。その詩は藤堂さんが若いころに書いたものよ。わたくしも好きです」と安西先生が意外な解説をする。

そこへ「こんにちは」とパンツスーツを着た今泉桜子がテーブルにやって来た。すっかり秋の装いだ。みんなが「こんにちは」と口ぐちに言い、桜子は隣のテーブルから椅子を一脚借りてそれに座った。

「ちょっとおしゃべりしたくて、来ちゃいました」と桜子は笑って言った。

じつはこの間、藤堂さんの家まで行って質問し、答えをもらった後、緊張のあまり私は貧血を起こして倒れ、桜子にタクシーで自宅まで送ってもらったのだ。そのとき、自宅に桜子を招き入れ、気分がよくなった私は桜子と藤堂さんの話で盛り上がり、娘の話まで聞いてもらって、メルアドの交換をした。桜子がみんなにちょっと相談したいことがあると言うので、このカフェに来れば会えるとメールで教えたのは私だ。

「ねえ、今泉さんってね、前は『テンカラット』の編集部にいたんですって」

私が秘密を打ち明けるみたいに言ったら、「やだ、『テンカラット』って私たちのファッションバイブルじゃない」とマリコが大声を出した。「だよねえ」と私も同意する。

「お二人とも『テンカラット』っぽいです」と桜子が笑う。

「でも、どうして『テンカラット』から『月刊現代詩』なんですか?」

ミスズはここでも躊躇せずに質問する。

「いろいろあってね。えっと、みなさん藤堂さんのファンなんですか？」

桜子はミスズの質問をかわして質問で返してきた。

「まひろさん以外は」とミスズが答える。

「へえ、モテるんだな藤堂さんって」桜子はニヤッと笑う。

「あら、でも今泉さんこそ特別扱いだと思いますよ。お寿司屋さんからキャバクラにまで編集者をつき合わせるような人じゃありませんから、藤堂さんは」と安西先生がいつも通りおっとりした口調で意味深なことを言う。

「先生のお気に入りなんじゃないですか？　今泉さん、いいなあ」

ミスズのいいなあという言い方がほんとうにうらやましそうだったので、私たちは思わず笑ってしまう。

「それがねえ、ケンカしちゃったんですよ。四月から頼んでるのに、藤堂さんが全然新しい詩書いてくれなくって言い合いになって」

えっ、ケンカ？　みんなが桜子の顔を見た。

「二〇〇一年ですよ。最後に詩集出したの。それから十三年も言葉の神様が降りてこないんですって。わたし、詩ってよくわからないけど、ほかの詩人たちは原稿依頼するとちゃんと締め切りまでに作品送ってくれるんです。藤堂さんだけですよ、書かないの。でね、みなさんにお願いがあるんです。藤堂さんのある詩を読んで救われた、みたいなことをわたしが言ったことがあって、それが気に入ったらしくて、あと百回くらいああいうこと言ってくれたら書けるかもって言うんですよ。だからファンのみなさんに、藤堂さんのこの詩を読んで救われたとかタメになったとか人生変わったとか、そういう、ま、いわゆるホメ言葉をですね、書いて送ってもらえないかと思って」

私たちは顔を見合わせた。

「からかわれたんじゃないですか？　藤堂さんがそんなこと言うなんて信じられないな」

とミスズがクスッと笑う。

「だってもう冗談だって真に受けるくらいしかできることがないんです」

桜子が一瞬さびしそうな顔を見せた。

「でも、それって藤堂さんのためになるんですかね」とミスズが不思議そうに聞く。

「なりますよ。詩人藤堂孝雄が息を吹き返すんです。すごいことじゃないですか。ね、日本文学史に残る事件になりますよ。ほかの人たちにもお願いできないでしょうか。わたし、ガチで言ってます」

桜子に向かって「だけどケンカしたんでしょ」とマリコはちょっとおもしろがっている感じで言った。「ケンカするのは仲のいい証拠です」安西先生は口元だけで笑っている。

「でも、なんかそういう個人的な詩的体験って、果たして口にしてもいいものなのかしら。

ましてや作者にそれを知らせるなんて、なんか抵抗あるな」

マリコが言いにくそうにやんわり断ろうとしているのを、ミスズが受けて「そうですよねえ。詩って裸の心にいちばん近いところまで切り込んでくるから、情けなかったり絶望したり、そういう負の反応も多いし、だからそれ書いて送ったところで藤堂さん、喜ばないんじゃないかな」とまじめな顔をする。

「なんで詩が好きな人って、そういうふうに理屈っぽいのかなあ。ウソでも何でもいいんですよ。これはね、人助けなんだから。藤堂さんとわたしを助けると思って協力してくださいよ」

桜子のはっきりした要求がなんだかおかしくて、私はつい笑ってしまった。

「わたし、ほんとに藤堂さんに新しい詩を書いてほしいって思うようになったから、どうしたらいいのかずっと考えてたんですけれど、みなさんの力を借りるしかないって結論を出したんです。どうかお願いします。藤堂さんをよみがえらせてください」

ガラリと態度が変わって真剣な表情をした桜子の言葉は、私たちの心に響いた。みんな藤堂孝雄を尊敬しているのだ。安西先生はニコニコし、「今泉さんが言うと、ほんとに実現しそうな気がしますね。わたくし、考えてみます」とうなずいた。

家に帰り、夕飯の支度《したく》を済ませると、藤堂さんからもらった詩を持ってクルミの部屋へ向かった。いまでは、考えごとをするのはクルミのベッドの上と決めている。クルミが眠る場所でクルミを感じることが私の救いになっているから。

いつものように枕を背中に当てて足を投げ出し、藤堂さんのくれたプリントをもう一度じっくり読もうと開く。ふと、背中に違和感を感じた。枕をつかんでひざの上に裏返して置き、カバーの表面をなでると何か四角いものが布の下にある。指ではさんで引っ張り出すと、白い封筒だった。表に「清水クルミ様」と大人っぽい縦書きの文字があった。裏返す。差出人の名前がない。あわてて中の手紙を開く。

「いきなり手紙を出すご無礼をお許しください。

私は花田萌の母です。」

最初の二行を三度読んでしまう。激しい動悸《どうき》と耳鳴りが襲《おそ》ってくる。息を吸い込みゆっくりと吐き出す。震える手に力をこめ、しっかりと手紙を握り直し続きを読み始める。

「昨年の九月、娘が自殺未遂したのは、清水さんのせいではありませんでした。たしかに清水さんの悪口は何度か日記に出てきましたが、清水さんのせいにしろと言い出したのはあの子の父親、私の夫でした。夫は二年前にリストラにあい、それから私に暴力をふるうようになって、萌はそれが嫌でたまらなかったのです。それで萌は睡眠薬を大量に飲んで……。

幸い発見が早く、命を取りとめましたが、家での暴力が知られるのを避けたかった夫は先手を打って学校側に抗議し、清水さんの名前を出したのです。私は夫がこわくて、それは違うと言い出せませんでした。ほんとうに申し訳ありません。

大学入学に合わせて、私と萌は家を出ました。夫から逃げて新しい生活をスタートさせ、やっと穏《おだ》やかな生活を取り戻しました。萌も元気に大学に通っています。夫には違う大学に入学したと思わせています。逃げ切れるとは思っていませんが、この生活が少しでも長く続くことを私はただ祈るばかりです。

清水さんにはほんとうにすまないことをしたと思っています。私が弱すぎたのです。いくら謝っても許されないことかもしれません。ただ、萌のことは悪く思わないでください。あの子は私を夫から守るために口を閉ざしたのです。どうか責めないでやってください。ほんとうに申し訳ありませんでした。あわせる顔がなく、お手紙にしたこと、お許しください。

花田サチ」

何度も読んだのだろう。手紙の折り目にあたる部分が毛羽立って、文字が薄れ始めている。いったいこれは何なのだ。あまりにも身勝手なその文面に、遠近感が失われ突然そこが見知らぬ場所に思えてくる。遠くで景色が激しく揺れ、嵐のような怒りがやって来た。

クルミが帰ってくるまで待っている間も、怒りは薄れるどころかますます激しくなっていく。頭に血が上ったまま夕飯の支度を終え、ひとりリビングのソファに座ってドアが開くのを待つ。

「これは何?」

帰宅したクルミの目の前に、花田萌の母親からの手紙を突き出した。クルミはちらっとそれを見たが何も言わない。

「これ、いつ知ったの? この手紙、いつ誰に渡されたの?」

私が次の質問を投げかけても、クルミはじっと黙っている。

「あんたこんなこと言われて黙ってられるの。ママは許さない。なんで黙ってたのよ」

だんだん声が大きく高くなっていく。そうだ。私は絶対に許さない。

「だってどうせ怒るの、わかってたから」

クルミがぼそっとつぶやいた。

「怒るのわかってたって、そんなのあたりまえでしょ。怒るに決まってる。怒らなくちゃいけないの。怒りなさいよ」

私はクルミの肩をつかんで揺すった。一つに束ねられた髪がぴょこぴょこはねる。クルミは目を伏せてそれ以上何も言わない。クルミの伏せたまぶたにほんのりいらだちがにじんでいるのに気がついた私は、肩をつかんでいた手をはなした。怒りの持っていき場がないのはこの子だって同じなのだ。頭ではわかっているはずなのに、黙っているクルミにまで怒りが及んでしまうのをとめられない。
「勝手に見ないで」
クルミはパッと身をひるがえすと自分の部屋へ行ってしまう。それでも花田萌の母親に比べたら私の方が何倍もまともなのだ、と言い訳のように心の中で繰り返しつぶやいた。

何日経っても怒りはなかなか去っていかなかった。

いったいほんとうのことって何なのだろう。あんなにも知りたかったほんとうのことが、ようやく明らかになったというのに、私は何もかも納得がいかなかった。

いったいクルミはどうして黙っていられるのだろう。おまえのせいで自殺未遂をしたのだと濡《ぬ》れ衣《ぎぬ》を着せられて、良心の呵責《かしゃく》にさいなまれてきたこの一年が、すべてムダだったとわかったのに。なぜ怒りの声を上げないのか。

クルミの顔を思い浮かべながら、アイロン台の上に浩介のワイシャツを広げ、アイロンがスチームを吐くのを確かめてから、私はアイロンがけを始める。まず襟、そして前身頃。いつもやっているのに、ボタンまわりのアイロンがけには必ず一つ失敗してくしゃくしゃとシワが寄ってしまう。前身頃が終わると後ろ身頃、そして袖。シワがなくなったあたたかいシャツをきちんと畳んで積む。クルミのチェックのフランネルのシャツにも、自分のコットンシャツにもていねいにアイロンをかけきちんと畳んで積む。行儀よく積まれた洗い立てのシャツの山の高さも私を安心させてはくれず、しこりのようにクルミの沈黙が皮《ひ》膚《ふ》のすぐ下で固まってゴロゴロする。

クルミと花田萌と花田萌の母親と、誰の真実がほんとうなのだろう。どんなほんとうなら私は受け入れることができるのだろう。冷えてゆくアイロンをぼんやり見つめながら、私はまた、クルミに腹を立て責めてしまったことを思い出し、後悔した。冷静に考えればクルミに腹を立てることではないのだ。無実が証明されて喜ぶべきだったのだ。それなのに、どうしてあのとき「ほらね、やっぱりクルミは何も悪くなかったでしょ」と言えなかったのだろう。言うべきときに正しい言葉を見つけ出せない。だから私も黙ってしまうことになる。でも私が黙ってしまったらクルミは救われない。私がクルミの口を開かせなくちゃならないんだ。毎日思っていることをまた思う。

冷えたシャツの山を持って寝室に行き、タンスにしまう。クルミのシャツはクルミの部屋へ持っていき、整理ダンスにしまう。負けないで、がんばれ、そんな簡単な言葉をかけてやりたいだけなのに、その二つの言葉に意味をつめ込もうとすると、するりと逃げられる。がんばって大学入ろうね、花田萌なんかに負けないで。この二つの言葉を何度心の中で繰り返しても、意味が、思いがこもらない。

こんなにギリギリまで耐えているであろう人間に、まだ負けるな、がんばれというのが間違っているのだろうか。間違っているからこの言葉は育たないのだろうか。整理ダンスの引き出しを順に開け、ティーシャツや下着がきちんと並んでいるのを意味もなく確かめながら、私がクルミに取り戻してほしいのは「自分らしさ」なのかもしれないと思い始める。おちゃめで快活で裏表がなく誰とでも打ち解けられ、何よりがんばり屋だったクルミのその自分らしさを取り戻してほしい。これは本心だ。けれど自分らしさという言葉は、負けないでやがんばれよりもっともっと消費し尽くされていて、意味を取り戻すのはさらに困難を極めるだろうことはすぐに予想がついた。

なにももとのクルミに戻れって言ってるんじゃない。でもいまのクルミは自分らしさを失っていると思う。それに自分らしさってまだまだ変わってゆくことができるんだよ。成長することによって、いままでとはもっと違う、クルミの中に眠っている新しい自分らしさを出せるようになるんだよ。そんなセリフを心の中で言ってみたら、あまりの薄っぺらさにうすら寒くなった。自分らしさを大切にするという言葉は、単に人との違いを強調するためだけに安易に使われることが多くなってしまったから。

全世界のすべての人が自分らしさという言葉を使うのをやめてくれれば、私はその言葉をクルミのために育てて、クルミだけに届けることができるのに。でも、言葉はみんなのものだから、それはできない相談だ。けれど、みんなのものなのに自分のものにできないのはなぜなんだろう。引き出しをもとに戻してクルミの部屋をぐるっと見渡す。

藤堂さんから渡された詩を思い出し、「生まれたての言葉」という一節を私は頭の中で何度もなぞった。あーあ、まんま、ぶうぶ。赤ん坊だったクルミの言葉にならない言葉が耳によみがえる。乳とよだれと脂《あぶら》のまじった幸福なにおい。

霧が晴れたら

藤堂孝雄

そぼ降る雨の中を　きみは濡れてやってきた
ふくらんだポケットからそっと取り出したのは
生まれたての言葉
歩けるようになるまでわたしが育てるわ
湿った髪を右手でかき上げ　きみはきまじめに言った
息をしてるのかいと僕が聞くと
大丈夫　呼吸という言葉を与えたからと答える
栄養も知能も発達もちゃんと食べさせた
みんな漢字二文字なんだと僕はつぶやいて
悪夢も腐敗も絶望も二文字だと思い出す

不吉な予感を押し殺し　きみの手の中をのぞいたら
生まれたての言葉は　かすかに震えながら僕を見上げた
なんて呼べばいいのかな
まぬけな質問をする僕に　きみはゆっくり瞬きし
それはあなた次第じゃないと苦笑する
いつのまにか雨は止んで　細かい霧が立ち込めている
この子もいつか　意味に出会って恋をするのね
きみの声が途中からすべるようになめらかで
僕はその先にあるものを　盗むようにそっと見つめる
おとなになった言葉たちが　ひっそりと寄り添えば
やがて声になり　そして詩《うた》になる
そのときまで僕らは待てるだろうか
それが二人で生きるということなのか
そう自分に問いかけながら　僕は静かにきみの手に触れる
霧が晴れたら　きみを送っていこう
生まれたての言葉をこわがらせないよう
おだやかな道を　遠まわりして

13

　十月になると、わたしは藤堂さんの担当から外れた。社長が退院し職場に復帰してきたのだ。わたしの生活は一気に地味になった。出社するとデスクに座って対談や座談会のテープ起こしをし、原稿とゲラをつき合わせて朱《あか》を入れる。定刻に退社し、家に帰ってケンジにエサをやり、冷凍食品を解凍して食べ、お風呂に入りテレビを見る。寝る前にはベッドで会社から借りてきた詩集を読んだ。口ゲンカをした日以来、藤堂さんには会っていない。ラインも電話もぱったり来なくなった。原稿はもらえなかった。

　ときどき、いや、ときどきよりもう少し頻繁《ひんぱん》に、わたしは藤堂さんのことを考えた。デスクに向かっていて電話のベルが鳴ったときや、電車を乗り換えるとき、ケンジを名前で呼ぶとき、そして詩集を読んでいるとき。それがほかの詩人の詩集であっても、わたしは詩を読むと藤堂さんを思い出した。

　藤堂さんがなつかしくそれでいて憎らしかった。自由になってみて、わたしの生活を藤堂さんが半ば占領していたことをしみじみと感じるのはどことなくいまいましかった。しかし、藤堂さんに振り回されていたおかげで、子供を失くした悲しみを忘れることができたのはたしかだった。いまでは気がゆるむと死んだ赤ん坊のことを思っているわたしがいた。眠ったまま泣いていることもあった。街でベビーカーに赤ん坊を乗せた母親を見ると胸が苦しくなった。あの子はもう戻ってこないのだと思い知らされる。けれどずっと泣いているわけにはいかない。この先どうやって生きていけばいいのか考えるべきときに来ていた。そう。この先どうやって。わたしには何の目標もなくなっていた。

冬が来る前にわたしは果実社を辞めた。

ずいぶん詩集は読んだけれど、やっぱり詩はむずかしかったし、仕事にするには詩は真剣すぎてつらすぎた。

しばらく休んでいる間に、集明社から新しくミセス向けのゴージャスな雑誌を創刊するから戻ってこないかという話が舞い込んできた。それなりのファッションセンスを持った美魔女と呼ばれる年齢不詳のミセスを対象に、プチ贅沢《ぜいたく》ではなくほんものの贅沢をふんだんに取り入れた衣食住にわたる「いいモノ」づくしの紙面で、アッパークラスの日常へのあこがれをかき立てる。これがコンセプトだという。

飛びつきたい自分とムリじゃないかなと弱気になる自分がいてわたしは迷い続ける。独身だが年齢的にはわたしにふさわしい場所だ。なろうとしてなれなかったミセスという立場にいまさら嫉妬《しっと》はないし、中途半端な一点豪華主義よりおもしろそうだと思う。わたしの知識だって生かせるかもしれない。けれど、ゴージャスなミセスという言葉からイメージされる華やかな世界に、しっくりとなじまない何かが二つ、心にトゲのようにささっているのだ。一つは大決心をして産んだ子供をあっけなく失ったこと。もう一つはしんと澄み渡った透明な詩の世界。どちらも手ごわいトゲだった。抜こうとすると痛みが全身に走る。まるで抜いてはいけないとでもいうように。

枕元の時計を見る。もう十時を過ぎている。わたしには毎日が日曜日だけれど、今日は週の真ん中水曜日。みんなが働いているのだと思うとあせる。布団の上の足元で、若々しく美しい雄猫に成長したケンジがうずくまってすこやかに眠っている。カーテンの向こうは晴天で、秋の高い青空に乳白色の光が膜《まく》のように張り出している。詩集を読んでいるだけでは生きていけない。何かを始めなくちゃならない。それはわかっているのだが、こんなとき藤堂さんならなんて言うだろうかと考えてしまう自分にまごつき、いらだった。

その気持ちを断《た》ち切るように布団から抜け出し、清水まひろに電話し、会う約束をした。街に出るために服を選ぶ。四月からグレーや黒のパンツスーツばかり着ていたのでろくな服はなかった。しかたなく着古したグレーのパンツスーツにする。

新宿伊勢丹のジャック・ボリーのカフェでまひろと待ち合わせる。まひろは白いセーターにカーキのパンツ、キャメルのトレンチコートという何気ない、それでいてアカ抜けたスタイルでやって来た。わたしは果実社を辞めたことを報告する。

「ええーっ。じゃあ藤堂さんはどうしてるの？」

「もとの担当は社長だったの。その社長が入院して、わたしが臨時で担当に任命されたんだけど、社長が退院してきてもとどおり」

「藤堂さん、さびしがってるでしょうね。安西先生がおっしゃってたわよ。桜子桜子って、そりゃあもううれしそうに名前呼んでたって」

「いやだ。そんなんじゃあ全然なくて、単なる手下だったから。それよりね、今日は相談があって。わたし、集明社から戻ってこないかって誘われてるの。ミセス向けにゴージャス系の雑誌を創刊するからその編集部にって」

「戻るのね、集明社に」

「それを迷ってるの」

「わかる。藤堂さんのいる世界と正反対だもんね」

まひろがさらりと言ったので、わたしは驚いて顔を見た。まひろもわたしを見て「図星だった？」と笑う。

「うん。っていうか、わかってるつもりでわかってなかったことをズバッと言われた感じ。わたしね、『テンカラット』にいたとき、自分に疑問を感じたことなんてなかったの。女性誌の編集者が天職だと信じてたんだ。じっさいに楽しく働いてきたし」

運ばれてきたコーヒーに手を伸ばし、カップに口をつける。ほろ苦いコーヒーの香りが藤堂さんとはじめて会った日のことを思い出させる。

「でも果実社に入って藤堂さんの担当になって、詩の世界に引きずり込まれてもがいているうちに、わたし、自分らしさが何だかわからなくなっちゃったの。それでこんなグレーのパンツスーツ」

わたしは自分の恰好《かっこう》を恥じて苦笑する。

「でもそれ、マックスマーラでしょ」

まひろは鋭い。

「ま、一応ね。ずいぶん前のシーズンのだけど」と答えたら、自分でも言い訳がましく聞こえたのでびっくりする。まひろはそれに気づかないふりをして紅茶を飲むと、「自分らしさか。服を替えるみたいに自分も替えられたらいいのに」とぽつりと言った。

白いテーブルが並び、かわいいティーポットやカップを前に、女たちは陽気で騒がしい。かたわらには必ずいろんなブランドのショッパーが置いてあって、買い物の高揚感がそのまま持ち込まれどの笑顔も輝いて見える。

「あのね、前にクルミのこと相談したの、覚えてる?」まひろが聞く。

「もちろん。クルミちゃんとそのクラスメートに何があったのか、ほんとうのことが知りたいって言ってたよね」

わたしは藤堂さんにすがるように質問していたまひろの必死な姿を思い出した。あれは痴漢事件の真相を詩の教室に説明しに行った日だ。

「藤堂さんの家まで押しかけて、『意味を失った言葉にもう一度意味を持たせるにはどうすればいいか』なんて聞くんだもん。藤堂さんもびっくりしてた」

あの日、藤堂さんはそうとう憔悴《しょうすい》していたのに、言葉についてどうしても聞きたいことがあるという生徒が一緒に来ていると言ったら、怒りもせずに立ち上がったのだった。わたしはふと、大切なことに気づく。藤堂さんはいつだって、こちらが真剣に聞いたことには、どんな質問にも答えようとしてくれた。バカだなってからかうように言いながらも。

「クルミに何か言葉をかけたくって、私ずっと考えてきたのよね。それがやっぱり『自分らしさを取り戻せ』ってことなのかなって思ったのよ。自殺未遂したその子の親に、クルミが原因だって言われて、あの子、ものすごく罪悪感を抱いているみたいで、すっかりクルミらしくなくなって黙りこくってしまったから。でも自分らしさって言葉、あまりに使われすぎててものすごく軽く聞こえる気がして、私にはどうしても言えなかった」

まひろは考え考え、かみしめるように言葉をつないでいく。

「それなのに、一年も経ってから、ほんとは父親の家庭内暴力が原因だったんだってわかったの。母親が手紙であやまってきてね。つまり、クルミに着せられてたのは完全に濡れ衣だったわけよ」

「それってあんまりじゃない。手紙であやまって自分たちだけすっきりしようってこと？」

まひろの言葉にわたしは思わず大きな声を出していた。

「そうなの。ひどいよね。でもね、これで向こうが悪かったってはっきりしたから、ようやくクルミも立ち直れるって、そう思うようにしようって何度も自分に言い聞かせた。それなのにクルミったら、それでもまだ黙ってるの。ガーッと怒ってプンプンして、でも自分が正しかったんだって大騒ぎして、もとの元気なクルミに戻るものとばっかり思ってたのに。ほんとうのことさえわかればまたもとの家族に戻るって、そればっかり思ってたのに」

何も言えないでわたしはまひろの視線の先にあるカップを見ていた。

「私ね、クルミがもとに戻らないのが受け入れられないの。もうあのことは終わったのに、いまだに過去ばかり見ているクルミに腹が立ってしまうの」

それはまひろの本音なのだろう。けれど、そうなのね、とうなずきながら、クルミちゃんのつまずいている理由がわたしには少しわかる気がした。わたしだってあの男にあやまってほしいと願っていたけれど、じっさいあやまられたら、それで終わらせてもとの自分に戻れるだろうか？　戻れない。

「クルミちゃんにしてみれば、あやまるぐらいならやるなって言いたいんじゃないの？

わたしだったらそう言うかもしれない。だってされたことは消えないもの。あやまった方はそれで終わらせて忘れていくでしょう？　それが許せない。忘れたくてあやまってるんだもの」

わたしがそう言うと、まひろはふいに顔を上げた。

「どうしたの？」

「私もあの子に早く忘れてしまいなさいって言ってた。いやだ、去年この事件が発覚したとき、高校の先生方が言ってたのと同じことだわ。なんてひどいことを言うんだって激怒したのに……」

まひろの悲しいまなざしを受け止めながら、わたしは藤堂さんの「朝の祈り」を思い出していた。

「謝罪は権力を生む

だからあやまってほしくないんだ」

まひろもそれをきっと思い出しているのだとわかる。

罪を引き受けることなく人は謝罪によっていさかいそのものを忘れようとする。わたしだって、死んだ子供にあやまって、あやまることによって邪《よこしま》な気持ちを持っていたことを忘れ去りたかったのだ……、そうやって謝罪された側が忘却の対象となり、謝罪した側に忘却の権利が生まれることを藤堂さんは知っていて、いつまでも「自分が許せない。ミキコにあやまりたいんだ」と言い続け、前へ進もうとしないのだ。なぜなら、死者は謝罪を拒むことができないから。

二人が黙り込んでいる間に隣のテーブルには新しい客が座り、にぎやかなスイーツが運ばれてくる。

「早く過去のことにしたいのは、これ以上傷つきたくないからなの」

まひろはぽつりと言う。コーヒーはとっくに冷めている。

「私ね、これ以上クルミが傷つくのを見たくないの。見ていられないの」

「母親ならそれはあたりまえでしょ」

「ちがう。クルミが傷つくのを見て、これ以上自分が傷つくことがこわいのよ」

まひろは必死に言葉を探している。

「それに、傷ついた子供がいる家は、その家庭がどこか間違っているってことでしょ？私たち家族が他人に否定されるのが嫌だったのかもしれない。だからとにかく守りたかった。私は何かを守ろうとしてたのよ」

未婚の母になろうと決めたとき、子供が不幸になると言われたのを思い出す。未婚の母、母親失格。それだけでじゅうぶん断罪に値する言葉だ。言い訳は許されない。

「でも、もっとこわかったのはね、そうやって何かを守っているうちに、とうとう気づいてしまったこと。守って守って守り抜いたそこには何にもないの。からっぽ。こんなにも長い間必死で守ってきたから、いつのまにか、守るべきものがあると思い込んでしまっていただけなのよ」

まひろが繰り出したあまりにもあざやかなそのイメージにわたしは圧倒された。ブランドもののファッションに包まれたからっぽのわたし。

「わたしもそうだ」と思わず口にする。

「藤堂さんがごまかしを許さないから、こわいものを見せられる」

まひろは何かを思い出したようにそう言うと少し笑い、「ごめんなさいね、自分のことばっかりで」とすまなそうな顔をした。

翌日、わたしは集明社に戻ると伝えた。わたしを必要としてくれるのはそこしかなかった。それに、いま藤堂さんの近くにいても、わたしにはできることがない。

職場に復帰したら、またあの男に会うかもしれない。でも、あの男を愛したことも、たったひと月だけれど子供を愛したことも、わたしにとっての真実なのだからもう逃げ出すのはやめよう、わたしという人間をきちんと引き受けようと思う。泣くのではなく、目をそらさずに向き合えと、藤堂さんの詩が教えてくれたから。

いざ勤め始めてみると、あっという間にわたしは仕事にのめり込んだ。新雑誌は、ふつうの女性誌とは違い、結婚や育児や介護といった生々しい話題にはまったく触れない。財テクの話もなかった。ただただ美しいもの、手の込んだもの、おいしいものを追求していく。朝食用のパンからよく眠るための毛布まで、いいモノには驚きがあった。リアリティより夢がある。夢は果てがなく、それが思いのほか楽しい。

ファッションはもちろんのこと、法外な値のつく織物や焼き物、家具や宝石、そして料理やお菓子を取材すると、最後には必ずモノと対峙《たいじ》する職人の手が現れる。職人たちはその手で魔法なんか全然使わずに、鍛練《たんれん》を重ね洗練された神業《かみわざ》ともいえる技術を使って息をのむような作品を生み出すのだ。そこには言葉がなかった。五感と時間と空気が完璧に調和したとき、想像をはるかに超えるモノが静かに誕生する。モノのたしかな存在感は、たよりないわたしの心をしっかりと現在につなぎとめてくれる。総天然色の世界がわたしの中に戻ってくる。言葉などいらない。

きみはグタイの人だからな。藤堂さんが言っていたのはこのことなのか。そうだ。わたしはモノを愛する人間だ。そう口にしてしまうと、詩人との縁が切れてしまったようで、そのぶんだけ胸が寒い。

14

私という幽霊が

清水まひろ

私という幽霊が我が家という牢獄に住んでいる
牢獄はどこまでも暗く閉ざされて
幽霊には姿がなく声もないから
泣いてる娘を抱きしめて
やさしく歌ってきかせることもできず
くやしがる夫に寄り添って
背中をしずかになでることもできやしない
我が家を牢獄にしたのは誰？
そんな問いさえ発する前に
私が死んでしまったことを

誰か気づいているだろうか
死んでもなおここにとどまろうと
幽霊になってまで私が牢獄をさまようのは
ただ家族と別れがたくて
愛に似た感情が捨て切れないから
似ているのではなくその感情がほんものの愛であれば
私はよみがえることができるのかもしれない
ほんものの愛とほんものの幽霊とほんものの私の関係を
私は知ることができなくて
空洞のまなこでドアを見つめている
何を待っていたのかもう思い出せずに

夕飯の材料を買いに出て家に戻ると、玄関の鍵が開いていることに気づいた。クルミがこんな早くに帰ってきたのだろうか。靴を見てあわてて部屋に入ると、リビングのテーブルの上にパスタのレシピ本が載っているのが目に入った。大きさがちょうどいいとはさんでおいた原稿用紙がはみ出している。詩の教室の「自分」という課題で私が書いた詩の下書き原稿だ。出しっぱなしにしていたのか？　私はあわてて原稿用紙をはさみ直し、本を本棚にしまう。

振り返ると、クルミが立っていた。もしかして読まれたのではないかとクルミの顔色をうかがう。

「花田萌がまた自殺未遂を起こしたって」

クルミは一瞬目をそらしたが、私の顔を見るなりそう言った。クルミがふつうにしゃべったことに驚き、誰から聞いたのか、どうやって知ったのか、なんで私にそれを伝えるのか一気に聞こうとして思いとどまった。

「命は?」

「取りとめたらしい。N病院に運ばれたって。私に会いたいって言ってるらしい。友だちがラインで連絡してきた」

私はクルミの目を見た。しっかりとした目つきをしている。

「どうする。行く?」

つとめて何気なく聞こえるように質問する。髪を一つに束ね、スウェットにデニムというまるで高校生みたいな恰好のクルミに「行くべきよ」と言いたいけれど、クルミの言葉を待とうとじっと目を合わせる。

「行った方がいいと思う?」

クルミは少し自信がなさそうだ。

「行きたい？　会いたい？　何か言いたい？」

自分で答えを言いそうになるのをおさえて、私がやさしくそう聞くと、クルミは少しためらい、それからうんと小さく首を振った。

「じゃあ行こう。いますぐ行こう」

突っ立っているクルミの肩から重いショルダーバッグをはずしてソファの上に置き、自分のバッグを持って、クルミを促《うなが》し一緒に外へ出た。クルミは、ちょっと待って、と言ってもう一度中に入り、一冊の本を持って出てきた。そっと盗み見る。『藤堂孝雄詩集』だった。私はびっくりする。どうして？　と頭が回る。タクシーでN病院まで行く途中、私たちは何も言葉を交わさなかった。クルミが花田萌に会って何を言おうとしているのか心の底から気になったけれど、それはその場で花田萌とともに聞くべきだと思い直した。

花田萌は救急病棟にいて、手首に包帯を巻いてベッドに寝ていた。そばに母親らしい人が付き添っている。

「清水クルミの母です」

私は花田萌の母親に挨拶して名乗った。花田萌の母親は名前を聞いてハッとしたようだった。何か言い繕《つくろ》われる前に「手紙、読みました」と私はつけ足した。花田萌の母親は私から目をそらすとうつむいて「申し訳ありませんでした」とあやまる。あやまってすむことじゃない、と口まで出かかった言葉を飲み込む。クルミがいるから。いや、クルミがいるからこそ言わなくちゃならないのだろうか。

わたしが迷っていると、「逃げた先が夫にバレたんです」と花田萌の母親は話し出した。

「せっかく穏やかな生活を取り戻していたのに、夫は毎晩やって来て、また私に暴力をふるうようになりました。萌は耐えきれず、夫に抗議して、夫の目の前で死んでやると言って手首を切りました」

涙声で、ベッドに横たわる花田萌の額《ひたい》に触れ、髪をなでる。それは、あたりまえに母親が娘を心配する姿だった。ずるい。わかっていた。花田萌にも苦しみがあり、死のうとするほどの深い苦しみで、その娘を愛し気づかい守ろうとする母親がいること。それを目にしてしまったら、私の怒りはおさめなくてはならなくなることも。

「クルミさんには手紙を書くだけでせいいっぱいでした。申し訳ありません」

何も言えずに私が黙っていると、私の後ろに隠れるようにしてひっそりと立っていたクルミが、「話してもいいですか」と小声で聞いた。花田萌の母親がこっちを見る。クルミはキュッと唇をかんで、ベッドに寝ている花田萌を見つめている。花田萌の母親はベッドのそばから離れ「どうぞ」と言った。クルミはゆっくりと進み、ベッドの脇に立った。クルミが何を思っているのか私にはわからなかった。たぶん花田萌の母親も同じだろう。殴《なぐ》りかかりはしないだろうか。私たちはハラハラしながらクルミを見つめるしかなかった。

「私に会いたいって、何の用?」

クルミが聞くと、花田萌は首を動かしクルミの方を向いた。化粧をしていないのが、私の立っているところからもわかる。素顔は卒業アルバムの写真のままだ。

「怒ってるよね」と花田萌が問い返す。

「私のせいで死のうとしたんだって言われたんだもの、一日だってきみを忘れたことはない」

クルミは淡々と話す。まるで感情をなくしたみたいに。私がいままで聞いたことのない声だった。

花田萌は目をつぶる。

「最初は驚いて、ずっと罪の意識を抱いてた。自殺に追い込むような何を私はしたんだろうって、それればかり考えてた。でもお母さんから手紙をもらって、ほんとの原因はお父さんなんだって知らされて、怒りを感じた。私に罪をなすりつけて、きみは平気だったの?」

「平気じゃなかったけど、私をムシしたのは事実でしょ」

花田萌の声には、クルミに負けまいとする力がこもっている気がして、私は思わずベッドに近づく。

「だったら何?」

「ムシされて私、腹が立ったのよ。清水さんをこらしめてやりたかった。だって清水さんって、ちょっとぐらいいじめられたって全然平気ってタイプじゃない。強い人だもん」

「それを言うためにわざわざ呼んだの」

クルミの声の調子は変わらない。

「違う。あやまりたかったんだ」

花田萌の声から強がりが消えた。ずいぶんベッドに近づいた私には、その表情が読める。

「あやまってほしくなんかない。きみの好きな藤堂孝雄が言ってる。〈謝罪は権力を生むだからあやまってほしくないんだ〉って。意味わかるよね」

それ、「朝の祈り」の中の二行だ。クルミの思いがけない言葉に私は驚いたが、花田萌はすぐにうなずいた。そして「きっとそう言うって思ってた」と言った。いまにも泣き出しそうな顔だ。

「やっぱり清水さんって強いよ。私、ほんとはうらやましくてあこがれてたんだ。清水さんみたいな強さが自分にあったら、私だってこんなことにはならなかったんだと思う」

「もう終わったことだから」とクルミが言うと、花田萌はクルミの顔をじっと見て「わかった」と答えた。クルミが持っていた詩集を差し出すと、花田萌は包帯を巻いていない右手でそれを受け取った。唇をかみしめ、涙をこらえている。

クルミは振り向くと、私の横を通り過ぎ病室から出ていった。私はあわてて後を追った。

夜になるとフリースのブランケットが恋しいくらい寒くなったので、クルミの部屋にヒーターを運ぶ。エアコンの暖房だけでは足りないから。すっかり日は暮れているが、クルミはまだ帰ってこない。

あんなにクルミがしゃべるのを聞いたのは、ほんとうに久しぶりだったと私は振り返る。けれど、それはまるでクルミがしゃべっているようには聞こえなかった。何かがとりついているかのような平板《へいばん》な声。そしてぴくりとも動かなかった表情。花田萌を罵倒《ばとう》するかと思ったのに、ひたすら冷静で謝罪も受けつけなかった。たしかに藤堂さんの詩にあるように謝罪は権力を生むし、許しは忘却を生む。あれがあの子のせいいっぱいの抵抗だったのだろうか。だとしても、クルミはもっと怒ってもよかったのだ。許す気などないとはっきり言ってやればよかったのだ。あんなことで終わらせてしまっていいのか。終わらせてしまった？　たしかに、この件には一応ケリがついたように見える。だけどクルミはその小さな胸にまだまだいっぱい何かをため込んでいるに違いない。私はクルミの勉強机に向かって座った。主《あるじ》のいない部屋はつめたく、縮かんだ空気が私の憂鬱《ゆううつ》をはね返してくる。

あの日以来、クルミは目に見えて元気がなくなってきている。張りつめていた糸が切れてしまったのかもしれない。励ましたい。負けないでほしい。なんとかがんばってほしい。もとの元気なクルミに戻ってほしい。そう言いたかったけれど、その言葉はクルミの表面をすべり落ちていくだけだと思われた。

きれいに片づけられた机の上に突《つ》っ伏《ぷ》して私は考える。あの子のために意味を持った言葉を見つけたい。でもそれはどこにあるのだろう。

私は立ち上がり、寝室のバッグの中からあの詩を取り出した。そしてリビングのソファに座って藤堂さんが私のために選んでくれた「霧が晴れたら」を何度も何度も読んだ。

「おとなになった言葉たちが　ひっそりと寄り添えば
やがて声になり　そして詩《うた》になる」

何度読んでもこの二行から目が離せなかった。やがて声になり、というところを何度もなぞってしまう。声。クルミの声。聞きたいのはあんな芝居のセリフみたいな声じゃない。私が聞きたいのは、クルミの心が感じ、全身を使って吐き出す声だ。それがクルミの声なのだ。


ゴムの靴底のようなアメリカ産の分厚いステーキ肉を三センチ角に切り分け、小麦粉をまぶしてバターで炒める。そこにワインを入れアルコールを飛ばし、セロリ、玉ネギ、ニンジン、ローリエ、水とトマトピューレ、それにブイヨンを加えて沸騰《ふっとう》させた後、弱火にして台所を出た。これから二時間コトコト煮込む。

リビングのソファに座ってテレビのスイッチを入れた。夕方のニュース番組が始まっている。音を消し、いつものようにきちんと背筋を伸ばし、私は心の中であの言葉を呪文のように繰り返す。からっぽの私がからっぽでなくなるためにも、その言葉と意味を一つに仕上げ、口にした途端力がほとばしり出るように鍛えなくては。

日が暮れてはやばやと夜の闇が窓や戸の隙間から押し寄せて、私のやわらかい部分をおかしていく。母とは、はち切れるような自分で埋まった存在ではいられないのだと思う。家族の喜びや苦しみや悲しみが外へあふれ出したとき、それをスポンジのように吸い込む隙間を用意していなければならないからだ。闇におかされていくやわらかい部分は、私のためでなく家族のためにあるのだと感じる。ゆるんだあごとたるんだ二の腕と垂れかけた乳房と丸みを増した下腹や腰は、ただ無意味に年とともにやわらかくなったのではない。肌ではじき返すのではなく、その弾力を失ったからだで浩介とクルミの深くなる苦しみを受け止めてくるみ込むことができるように変化してゆくのだ。

私はあいだにいる。家族のあいだ。からだと気持ちのあいだ。昨日と今日の、今日と明日のあいだ、あらゆるあいだに私はいる。目を閉じると、女であり母であり人である私が、クルミの苦悩と虚勢のあいだにいることを感じる。感じながらあの言葉を心の中でつぶやくと、得体の知れない熱さが腹の底に湧《わ》き出してくる。藤堂さん、これが言葉と意味が一つになったしるしなんですか?

私は何度もあの言葉をつぶやく。熱が冷めないように、弱火でコトコト煮込むように、私は大事に言葉をあたためる。

帰宅したクルミが部屋に入ったきりいくら待っても出てこないので、心配になってドアをノックした。返事がない。そっとドアを開けると、電気もつけずにクルミがベッドに腰かけているのが目に入った。

「どうしたの、何かあったの？」

私は近づいて声をかける。クルミが小さくなってしまったように感じて、私はゆっくりとベッドの端に腰かけた。腕を伸ばして抱きしめたい衝動にかられるけれど、感情でごまかしてはいけないのだと思いとどまる。

「どうしたの、大丈夫？」

「〈我が家を牢獄にしたのは誰？〉」

クルミの声は低く響いた。それ、私の書いた詩の一行だ。

「なんで知ってるの？」

「机の上に置いてあったから読んだ」

全身鳥肌が立ち、恥ずかしさで震える。

「〈私という幽霊が我が家という牢獄に住んでいる〉」

まるで私の声を代弁しているようだ。なぜそんなことを言い出すの？　クルミの低い声に私は激しくとまどう。

「〈我が家を牢獄にしたのは誰？〉って、それ、私だよね」とクルミが言ったので、「違うわ。花田萌じゃない」と即座に言い返す。

「私、花田萌が嫌いだったんだ。みんなの顔色うかがって、いつも薄っぺらな笑顔で、それが意味もなく腹立たしくて、それなのに、自分はほかの人とは違うんだって顔をして、こっそり詩集なんか渡しに来て。だから無意識のうちにムシしてたんだと思う。花田萌の言ってること、まったくのウソじゃないんだって、いまは思う。でもどうしても許せない」

クルミがやっとの思いでそう告げてくるのがわかって、私は緊張する。いま話さなければ、いまわかり合えなければ、もう二度とチャンスがないとさえ思った。

「弱音を吐いたっていいのよ。だってここはあんたの家なんだから」

クルミはじっと自分の手を見つめたまま顔を上げない。その言葉の意味が、どうかそのまま伝わるようにと願う。しばらくすると細い肩が小刻みに震え出した。私はそっと近寄るとそばに立ちクルミの頭を抱いた。私のお腹におでこを押しつけたまま、クルミはくぐもった声で「つらかった」とつぶやいた。私は真っ黒な髪をなで続ける。その一言が言えなくてこの子は苦しんでいたのだ。クルミは静かに泣き続ける。我が家を牢獄にしたのは、私という幽霊なのだとわかる。そしていま、私は幽霊じゃなくなったのだと気づく。私は何度も何度も練習してきた言葉を口にしようと思う。勇気を出して。

「大きな声で、もう一度」

意味よ戻れ。ただそう祈る。

クルミが顔を上げた。涙に濡れた頬が月の光の中でかすかに光る。

「大きな声で、もう一度」と私はゆっくり繰り返した。

クルミはじっと私の目を見ていたが、小さな声で「つらかった」と言った。

「大きな声で、もう一度」と私は繰り返す。こわがらないで、クルミ。

「つらかった」とクルミが言う。

「大きな声で、もう一度」と私はもう一度繰り返す。

「つらかった。つらかったよお」

クルミは大声でそう言うと声を上げて泣き始めた。たるんだ二の腕に抱かれた頭を私のやわらかい腹に押し当て、厚みを増した腰に細い腕を回し、泣き続けるクルミの全身が発する苦しみと悲しみの力を私は受け止める。私の苦悩がその力で流されていく。クルミの声を聞けた喜びが私の中にあふれ出す。クルミがはじめて言葉をしゃべったときの、あの喜びと同じ喜びだ。だから、きっと、きっとこのまま待っていれば大丈夫なのだと感じる。

15

藤堂さんから七か月ぶりにラインにメッセージが入ったとき、わたしはスタジオでショパールの時計やカルティエのブローチやショーメの指輪など、きらきらしたものを撮影するのに立ち会っていた。

「できた」

メッセージはそれだけで、わたしが思わず舌打ちしたので、アシスタントは「どうかしました？」とおそるおそる聞いてきた。いったい何なんだ。そう思いながら撮影の終わるのを待ち、借りていた時計やアクセサリーのチェックをして返却を指示するとスタジオを出た。

地下鉄に乗り新宿駅で中央線に乗り換える。とうに日は暮れて、電車は疲れた会社員が放つけだるい空気を西へと運ぶ。シートに崩れるように座った真新しい制服の高校生やスーツの似合わない若者が睡魔《すいま》と闘っているのはほほえましく、わたしはつり革につかまって窓ガラスに映る自分の顔を見ている。いったいどんな顔をして藤堂さんに会えばいいのかわからない。もう一度ラインのメッセージを開き、絶対返信なんかしないから、と思う。

ドアが開くたびに乗客が減っていき、吉祥寺でも多くの人が吐き出された。それにまじって駅の改札を出ると、四月のにおいがした。同じ景色なのに四月はどこか新しく見える。だからわたしは四月が好きだ。

井の頭公園の中、酔っぱらって藤堂さんと歩いた道をたどるわたしは、去年の四月とは違ってバーバリーの真っ赤なコートを着ている。髪にもゆるいパーマをかけ、グロスで唇を光らせ、ヒールの高さは三センチから八センチになり、おしゃれなファッション用語にまみれ、生や死や苦悩や真実から遠い世界で欲望と消費の奴隷《どれい》だ。言葉から離れ、モノを愛《め》でる毎日。それなのにわたしは、呼び出されていそいそと詩人のもとへと向かっている。それを笑われそうで、近づくにつれ足取りは重くなる。真っ赤なコートも八センチのハイヒールもあの人の前では何の武器にもならないことをわかっているから。

わたしは立ち止まると、やっぱり会えない、と思い、まわれ右をして駅に向かって歩き出す。帰ろう。もうわたしは担当編集者じゃないんだもの。でしゃばったことをしたら社長に悪い。そう思いながらいま来た道をたどるわたしの背中から、「おい」と呼びかける声がした。

藤堂さんの声だ。からだの中の時計が一気に逆戻りして、わたしをあの面倒臭い日々に連れていこうとするのを止められない。突っ立っているわたしのすぐ後ろで、「帰るのか」と藤堂さんが言う。きっとニタニタ笑っているに違いない。わたしが黙っていると、藤堂さんはわたしを通り越して前に立った。やっぱりニタニタ笑っている。

「できたぞ」

藤堂さんはわたしに原稿用紙を突き出す。

「約束だったからな。どうした。なんで黙ってる」

わたしは藤堂さんの顔を見ずに「絶交中です」と答える。

「そうかそうか。じゃあしゃべらなくていい。ほら、受け取れよ」

藤堂さんは一歩近づいて、わたしの顔の前で原稿用紙を振った。

「わたし、もう藤堂さんの担当じゃないし」

「そう言うなって」

「こんな暗いところで読めませんよ」

「じゃ明るいところへ行こう」

藤堂さんはわたしの手をとると外灯の下に引っ張っていった。藤堂さんの手が触れているところから、なつかしさが胸にせり上がってくる。お願いだからわたしをあの世界に引き戻さないで。わたしはそう祈りながらも外灯の下へ進んでしまう。

「ほら」

藤堂さんは外灯の下でもう一度わたしに原稿用紙を差し出した。しかたなくわたしはそれを受け取る。

「ちゃんと読め」

そう命令されて、わたしは原稿用紙を開いた。

「何ですか、これ。何にも書いてないじゃないですか」

わたしがあきれて顔を上げると、藤堂さんはそれには答えず、「きみ、僕に手紙を出すよう詩の教室の生徒たちに頼んだだろう」と聞く。わたしが黙っていると、「手紙は来なかったけどな。そもそも、そんなことで新しい詩が書けるようになるとでも思ったのか。愚か者め」と容赦《ようしゃ》ない。ほめてもらえると思っていたわたしはしょげる。

「そんなに僕に詩を書かせたいのか」

藤堂さんはわたしの目をじっと見た。わたしはやっぱりうなずいてしまう。

「それなら書かせる方法を教えてやろう。だがその前に片づけなきゃならない問題がある。きみは僕に聞いたね。詩っていったい何なんですかと。もはや誰もそんなことを僕に聞かなくなって久しい。しかしきみは聞いた。それに僕は答えられなかった。詩という言葉こそ意味を失っていたんだな」

藤堂さんの声は記憶の中よりもずっとおだやかで、私は少し安心し、じっと耳を傾ける。

「きみが僕のところへ来なくなってずいぶん暇で、僕はそれについて長いこと考えたよ。そして答えを見つけた。詩とは、心の内側に下りていくための階段だ」

「心の内側に下りていくための階段」

わたしは藤堂さんの言葉を繰り返す。弱い風が吹いて木の葉がさらさらと音を立てる。

「なあ桜子、詩の言葉というのは特別なんだ。すべてを吐き出してギリギリまで痩《や》せているか、あるいはあらゆるものを飲み尽くし見事に丸々と太っていなくちゃならない。そんな言葉はそうそうあるものじゃない。詩人はそんな言葉を探し出してきて機《はた》を織るように詩をつくる。詩人が発見した言葉を読み心の内側に下りていくことで、読んだ人もまた発見をする。そうして僕の詩の言葉は読者の言葉になる。何度繰り返されても消費されない強さを持った言葉。それが詩の言葉のあり方なんだ。わかるかい？」

わたしは首を振る。「そんなむずかしいこと、わたしにはわかりません」とうつむく。外灯の光に照らされて藤堂さんのシルエットがまるで幻みたいに見えてわたしは心細くなる。

「ちまたには言葉があふれてる。詩らしきものもあふれてる。誰もがつぶやき、誰もが歌う時代だ。でもそれは詩じゃない。まだ声にすぎないんだよ。僕はその声の中にある詩を見つけたくなった。きみが僕にまっすぐぶつかってきたあの日から、きっとそう思い始めていたんだな」

わたしをほめてくれてるの？　藤堂さんらしくない。

「僕は、僕と言葉の間に詩があるんだと思い込んでいた。そこへきみがやって来て、僕は考えを変えざるを得なくなった。僕と言葉の間に詩があるんじゃない。世界ときみとの間に詩があって、僕がそれを書きうつすべきなんだ」

さらなる不安がわたしを覆《おお》う。世界とわたしの間に詩がある？

藤堂さん、それってどういうことですか？　聞きたいのに声が出ない。

「ほんとうに僕が新しい詩を書くのを待ってくれているんだな」

藤堂さんにそう言われて、涙があふれた。だってあんなに苦しんでいたんだもの。わたしが背を向けた生と死にまっすぐ向かい合っていたんだもの。

何か言おうとおずおずと顔を上げたわたしの両肩に手を置き、わたしの顔をじっと見ると、藤堂さんは「きみがいなくなってやっとそれがわかった。準備はできている」と言った。藤堂さんの手は大きくて、かぎ慣れた煙草のにおいがわたしの不安を消してゆく。見上げると、藤堂さんは仮面をつけていなかった。いままで見せたことのないやさしい笑顔でわたしを見下ろしている。ずるい。そんな笑顔を持っていたなんて。

わたしは古ぼけた薄っぺらい一冊の詩集の中のある行を思い出す。おとなになった言葉たちが、ひっそりと寄り添えば、

「やがて声になり」とわたしが言うと、「そして詩《うた》になる」と藤堂さんが続けた。

「言葉の神様は降りてくる?」と聞く。

「もう降りてきていた。きみが言葉の神様だったんだ。詩はまったくの素人だったのにな。とんだ神様で気づくのにずいぶんと時間がかかっちまったよ」

笑いながらそう言う藤堂さんの声がわたしに降り注いで、いままで味わったことのない満ち足りた気持ちになった。整った蛍光灯の光が、少しだけとんがった四月の空気を静かにかくはんして、いま生まれた感情を夜のすみずみまで伝えてゆく。

朝になったら、開いたばかりの桜を見つけにいこう、とわたしは思った。

谷川直子
TANIGAWA NAOKO
★
一九六〇年、神戸市生まれ。

二〇一二年『おしかくさま』で第四九回文藝賞を受賞。

他の著書に、小説『断貧サロン』のほか、高橋直子名義で、エッセイ『競馬の国のアリス』『お洋服はうれしい』などがある。


初出／四月は少しつめたくて…『文藝』二〇一五年春号

四月《しがつ》は少《すこ》しつめたくて

★

二〇一五年 四 月二〇日 初版印刷
二〇一五年 四 月三〇日 初版発行

著者★谷川直子
装幀★高柳雅人
装画★ヒロミチイト
発行者★小野寺優
発行所★株式会社河出書房新社
東京都渋谷区千駄ヶ谷二-三二-二
電話★〇三-三四〇四-一二〇一［営業］〇三-三四〇四-八六一一［編集］
http://www.kawade.co.jp/
組版★有限会社中央制作社
印刷★三松堂株式会社
製本★三松堂株式会社
Printed in Japan
落丁本・乱丁本はお取り替えいたします。

本書のコピー、スキャン、デジタル化等の無断複製は著作権法上での例外を除き禁じられています。本書を代行業者等の第三者に依頼してスキャンやデジタル化することは、いかなる場合も著作権法違反となります。

ISBN978-4-309-02374-8

河出書房新社
谷川直子の
文芸書

TANIGAWA NAOKO

おしかくさま

おしかくさまという“お金の神様”を信じる女たちに出会ったミナミ。バツイチで先行き不安な彼女は、その正体を追うが……現代日本のお金信仰を問う文藝賞受賞作。

断貧サロン

貧乏神被害者の会が主催する“貧乏を断つ”ためのサロン。そこには働かないイケメンの彼氏をもつ、様々な事情を抱える女たちが集まって⁉　金と愛をめぐる話題作。